당나귀는
메고 가지
않으련다

당나귀는
메고 가지
않으련다

강수정 지음

ⁿBook

계획은 사람이 세울지라도 이루어 주시는 분은 하나님
이시라 하지요. 남편을 처음 만났던 고등학생 때부터 노년
을 준비하는 지금에 이르기까지 우리가 함께 지내온 시간
을 돌이켜보면 정말 그러한 것 같습니다. 본토 친척 아비
집을 떠나 지낸 지 40년이라는 시간이 흘렀습니다. 그 동안
을 하나님은 저를 훈련하는 시간으로 사용하시기도 하고,
사역을 감당하는 남편의 내조자로 삼으시기도 하였으며,
무엇보다 나 자신을 만나 주시기도 하였습니다.

40여 년 광야의 길은 그리 평탄하지만은 않았습니다. 처
음 길을 나섰을 때 나의 신앙은 어리디어려서, 사실 하나님

의 약속조차 알지 못하고, 예수님을 이야기 속 주인공 대하듯 한 것이 나의 모습이었다 고백해야 할 것입니다. "하늘 나라 군인의 아내"가 된다는 지극히 추상적인, 순진한 생각으로 들어선 사모의 길, 하나님은 그런 나의 연약함과 어리석음을 잘 아시기에 참으로 다양한 현장으로 나를 이끌어 다양한 훈련으로 나를 단련시켜 주셨습니다. 낯선 이국땅 미국에서의 생활, 때로는 뼈만 남아 생명체로서 역할도 못할 것 같던 현장에서도 나를 놓지 않고 다시 생명을 불어넣어 세워 주신 그분의 손길 속에서 어느새 내 나이 환갑을 넘겼습니다.

몸의 나이는 갑을 넘었는데 과연 나의 영적 나이도 갑을 넘었는가 가만히 생각해 봅니다. 영적 나이 갑을 넘음은 무엇을 의미하는 것일까요? 예순 살은 남의 말을 받아들이는 이순이라 합니다. 워낙 남의 말에 잘 흔들리는 나였기에 자신이 누구인지 정체성을 잃어버리고 오로지 남에게 내가 어떻게 보이는가, 또한 저들이 무슨 말을 하는가에만 신경을 곤두세우고 지냈던 나이건만 그러한 어리석은 저를 하나님은 끝까지 놓치지 않고 하나님을 볼 수 있는 저로 세워 주셨습니다. 이제 살아온 날보다 살아갈 날이 적게 남은 나, 이제는 부르실 그 날을 생각하며 서서히 이 땅에서의 삶을 잘 정리할 시간을 저에게 주신 것이라 생각하니 더욱 더 저의 영적 나이를 스스로 물어보지 않을 수 없는 것입니다.

이순, 남의 말을 받아들이는 나이. 그러기에 이제부터 더욱 그리스도의 말씀을 받아들여야 하는 나이가 아닌가 싶습니다. 그렇습니다. 이 땅에 올 때는 준비되지 않은 채로 아무것도 모르고 빈손으로 왔습니다. 그러나 갈 때는 무엇을 준비해야 할까요?

그리고 보니 저희보다 연만하신 분들의 잘못된 행동이나 모범된 모습을 보고 우리가 은퇴하거나, 나이가 들 때 우리는 저렇게 살지는 말자 또는 저렇게 살았으면 좋겠다 하는 말을 수없이 했던 생각이 납니다. 그것을 우리는 은퇴 준비라 했습니다. 은퇴 준비는 물질적인 준비만은 아니겠지요. 생활의 모범, 젊은이들에게 손가락질 받는 일을 하지 않는 것도 은퇴 준비인 것입니다. 또한, 주님이 부르실 때 '감사히 잘 살았습니다' 하고 아멘으로 받아들일 수 있는 자세를 갖기 위해서는 더욱더 하나님의 음성을 들으려 날마다 묵상하는 삶. 이것이 이순의 나이부터 갖추어야 할 덕목인 것 같습니다.

지난 40여 년, 주님은 나를 놓지 않고 단련해 주셨습니다. 쓰러지고, 넘어지고, 엎어지던, 그 어렵고 외롭고 고통스러웠던 시기마다 그 상황마다 나를 놓지 않고 만나 주시는 주님을 체험하게 하신 하나님을 가슴속 깊이 느끼게 하시니 매 순간 너무도 가슴이 설렙니다. 잃어버린 나를 하나님의 교제로 되돌려 놓고자 말씀을 주시고 그 말씀을 받아먹을 수 있는 나, 이끌어 주신 성령의 역사를 믿고 인정하는 나, 그리스도의 몸 안에서 교제와 우애를 하게 된 나, 그 나는 주님의 귀한 딸 수정입니다.

이 글은 지난 40여 년 거친 광야에서도 흔들리지 않고 오히려 단단하게 단련되어 진정으로 하나님을 만날 수 있게 나의 곁에서 나를 영적으로 키워준 나의 삶의 동반자이자 영원한 목자인 나의 남편 강기석 목사에게 바치는 나의 출애굽기입니다.

이제부터 이어지는 앞으로의 삶은 그리스도가 내 안에 계심을 순간순간 느끼며 그분이 오라 할 때 "저 이곳에서 잘 살다 왔습니다." 하고 고백할 수 있는, 죽음과 부활의 의미를 그리스도의 장성한 분량에 이르기까지 이정표를 향해 흔들림 없이 갈 수 있을 것 같습니다.

제가 여기에 쓴 글들은 제가 써 놓았던 일기와 메모를 바탕으로 기억을 더듬어 가며 쓴 것입니다. 전적으로 저의 주관적 입장에서 재구성한 이야기이기 때문에 혹 이 글을 읽으시는 분 중에 저와 같은 시간, 같은 장소, 같은 울타리 안에 계셨던 분 중 "이 부분은 내가 알고 있는 것과 다른데?"라며 의문을 가질 수도 있을 것입니다. 어느 처지에 있느냐에 따라 다르게 기억하기 때문일 것입니다. 또한, 같은 상황도 그 처지에 따라 완전히 다른 색채로 다가오기 때문일 수도 있습니다. 저 역시 저 사람들은 왜 이 사건을 내가 느끼고 아는 바대로 인식하지 못하고 보지 못할까? 하고 의구심을 가졌던 기억이 있습니다.

그렇기에 저의 글에 반문이 생긴다고 하여도 전적으로 제 입장에서 보고 느낀 것을 주관적으로 담은 글이라는 점을 고려하여 양해해 주시기를 부탁드립니다.

1막

만남

1장

연애당에
가다

고3 한창 미래에 대한 꿈이 많았던 그때 저는 지금의 남편을 만났답니다.

'교회는 연애당'이라는 말이 있던 시절, 정말 교회를 세상적 연애당으로 만들고 만 장본인이 되었죠. 사실 어찌 보면 교회는 말 그대로 연애당 아닐까요? 예수님과의 연애, 하나님과 연애하는 장소가 예배당이 아닌가 싶네요.

그 연애당에 예수님을, 하나님을 얼마나 그리워하면서 갔을까? 그분이 나를 그리워하고, 사랑하고, 보고 싶어 하는 그 마음을 과연 그렇게 벅차게 느끼며 갔을까? 하는 생각을 해 보기도 합니다.

연애당, 그곳에서 하얀 ROTC 제복을 입은, 바짝 깎은 머리에 까맣게 그을린 얼굴의 한 남자를 만나게 되었습니다. 교복 입은 고등학생에게 대학 4학년은 나이 차이가 크게 날 뿐만 아니라 신학 하는 사람은 생각지도 못했던 나였는데 그가 나의 연애 상대가 되었으니 그것도 하나님의 뜻이었을까요? 그렇게 시작된 그와의 만남은 가슴을 두근두근하게 하기도 하고, 군대 3년을 외롭게 기다리며 눈물 흘리는 시간이기도 하였답니다. 그렇게 시간이 흘러감에 따라 우리 두 사람 앞에 함께 하는 미래로 향하는 기찻길이 놓여 갔습니다. 군 제대 후 그는 대학원에 입학하고, 대학원 마지막 학기를 앞에 두고 마침내 그 레일 위에 결혼이라는 기관차를 올려놓게 됩니다.

> **초 청 장**
>
> 여기 반쪽과 반쪽이 만나 온전한 하나가 되고져
> 귀중한 증언자로 여러분을 모시고져 합니다.

결혼식 하루 전날 아버지께서 저를 부르셨습니다.
"수정아! 오늘 밤이 지나면 너는 이제 다른 집 사람이 되는구나. 혹시 나에게 하고 싶은 말이나 부탁이 있느냐?" 하시는데, 나의 마음이 무거워졌습니다.

사실 아버지는 저에게 너무나 엄하고 고지식한 분으로 각인되어 있었습니다. 친구들이 '아버지'라는 말 대신 '아빠'라 부르는 모습이 부러울 정도였으니까요. 잠시 침묵이 흐른 뒤 "네, 사실 저는 아버지를 아빠라 부를 수 있는 관계가 되기를 바랐습니다. 부탁이 있냐 말씀하셨으니 이제 이후로는 아빠라 부를 수 있는 그런 부드러움을 보여주셨으면 좋겠습니다." 이런 나의 말에 아버지는 적잖이 당황한 모습이셨습니다. "그랬구나. 이제라도 불러 보렴." 하시는데 선뜻 '아빠'라는 말이 입 밖으로 나오지 않았습니다. 그런 내가 안쓰러웠는지 아버지는 변명처럼 옛이야기를 해 주셨습니다.

이북에서 단신 월남한 아버지는 남한에서의 삶에 나름 청사진을 가지셨답니다. 우선 가족이 없으니 부인은 가족이 많은 집안이기를 소원하셨답니다. 가족이 많은 집안의 아름다운 남한 여성인 어머니를 만나 상사병까지 걸려가며 결혼했으니 소원을 이룬 셈이었는데, 거기에 자신의 피붙이인 제가 첫 아이로 태어나니 얼마나 기뻤던지 갓 낳은 저를 머리에서부터 발바닥에 이르기까지 입맞춤을 하면서 우셨답니다. 그러고는 저의 짝에게 손을 맞잡아 줄 때까지 자신의 책임이라 생각하셨답니다. 그러한 말씀은 아버지에게 직접 듣지 않았어도 엄마를 통해 익히 들어 아는 바였지만 아버지가 말씀하시니 왠지 발톱 빠진 호랑이를 보는 것만 같았습니다. 명절 때면 늘 이북에 두고 온 가족들을 그리워하며 술상을 놓고 하염없이 눈물 지으셨던 아버지는 당뇨로 인해 많이 수척해지신 상태였습니다. 아버지는 저에게 당부의 말씀이 있다고 하시면서,

"수정아! 너도 알다시피 나는 나라의 군인으로 살았다. 공명정대하게 군인의 삶을 살고자 하는 나의 신념을 너의 엄마는 잘 따라 주었다. 군 부하들이 슬쩍 가져다 주는 군납 식품은 절대 받지 않았고, 따라서 불의한 금전 또한 거부한 나에게 너의 엄마는 다소 재정적 어려움이 닥쳐도 불평 한마디 하지 않은 모습을 너는 잘 알 것이다. 물론 군인 본연의 정신을 이어 나가기에 군 조직은 그리 이상적인 곳은 아니었지만 나는 그 정신으로 살아 내었다. 그랬기에 가족들 고생을 시켰지만 말이다. 그런데 너는 하늘나라 군인의 아내다. 하늘나라 군인이라면 통수권자가 하나님 아니겠니? 그러니 더욱더 남편의 신념이 무엇인지 알아차려 공명정대한 내조를 해야 할 것이다. 나는 강 목사가 바른 하

늘나라 군인의 삶을 살 것이라 본다. 나는 기독교인이 아니라 너에게 당부하고 싶은 말을 이렇게 밖에 표현하지 못한다."

나는 아버지의 삶을 알기에, 그리고 엄마가 살아온 삶을 알기에 더 부언해 말씀하지 않아도 알아들을 수 있었습니다. 40년이 지난 지금도 그때 아버지의 말씀을 기억하며 남편의 무딘 금전적 감각에도 그저 그러려니 하고, 제게 말한마디 없이 교우들을 집에 초대해도 그런가 보다 하니, 교우들이 오히려 저에게 "사모님! 목사님이 사모님께 허락 받았어요?" 하고 질문하는 경우가 허다했으니 말입니다.

2장

하늘나라 군인의
아내가 되다

결혼 초 남편은 대학원 학비 및 생활비를 벌기 위해 야간 교사로 일을 하게 되었고, 저 또한 부족한 생활비를 벌기 위해 직장 생활을 하였습니다. 밤에는 채점하고, 남편 논문 타자를 하면서 나의 초점은 온통 남편의 진로에 맞춰져 있었습니다.

이럭저럭 대학원을 마치고, 목사 고시를 보고, 바로 유학을 가려 하는 데, 남편의 은사이자 우리의 담임목사님께서 목사 안수를 받고 유학 가는 것을 권유해 주셨습니다. 그런데 안수 받는 시기에 노회법이 바뀌게 되는 관계로 법적 해석 문제가 생기게 되었습니다. 현행법의 실행이 이번 노회까지 유효하다는 해석이 나오기까지 남편의 안수 여부도 확실치 않은 관계로 저는 하나님께 매달리며 기도하기 시작했습니다.

　지난날 저에게 다양한 교단의 경험이 필요하다고 생각한 남편은 군에 있을 때 각 교단에서 훈련을 쌓을 겸 반사 생활을 권했습니다. 학교 채플에서 반사 생활을 하고 순복음교회 권사셨던 시어머님의 도움으로 반사 교육을 이수하고 바로 사역을 하게 되어 나름 순복음교회에서 기도 훈련을 받았던 대로 작정 금식 하면서 어찌나 매달리며 기도하고 신경을 썼는지 유산이 되고 말았습니다. 그래도 힘써 기도한 대로 이번 노회 때 안수를 받게 되었다는 소식을 위안 삼아 꽃다발을 들고 노회 장소인 공덕 교회로 갔습니다. 목사의 길이 하늘나라 군인의 길이라는 생각이 마음 한쪽에 계속 있어서였을까요? 또 한 단계를 밟은 것이라는 생각에 성취감을 느꼈는지도 모르겠습니다. 마치 진급해서 계급장을 받는 절차처럼요. 아니, 목사 안수 받고 유학 가서 공부 끝나면, 한국에 돌아와 교수 생활을 하는 것을 어쩌면 더 희망했는지도 모르겠습니다.

　목사 안수식을 마친 3명의 신임 목사들에게 한 사람에게 두 명씩 꽃다발을 전달하는 순서가 있었습니다. 한 사람당

딱 두 사람만 전할 수 있는 꽃다발 증정식, 부인과 또 한 사람만 전할 수 있는 꽃다발을 들고 저는 기쁜 마음으로 남편 앞으로 갔습니다. 세 분이 나란히 의자에 앉아 있는데 남편의 얼굴은 눈물로 범벅이 되어 있었습니다. 순간 꽃다발을 전하려던 나의 손은 멈춰 버리고 말았습니다. 그의 모습은 어떤 거룩함 앞에 무릎 꿇어앉아 감격에 젖은 비장함의 눈물로 보이는 것이었습니다.

아, 이 길은 꽃다발을 들고 마냥 즐거이 갈 수 있는 길이 아닌가 보다 하는 생각이 번뜩 머리를 스치면서 꽃다발을 옆에 계신 친구 유 목사님께 드리고 말았습니다. 지금도 그때의 사진을 보면 유 목사님은 꽃다발이 3개, 그 옆의 목사님은 2개, 나의 남편 목사는 1개만 들고 있답니다.

부끄럽게 꽃을 든 손

눈물범벅이 된 당신 모습을 본 순간
꽃다발을 든 손은 멈추고 말았습니다.
번뜩 읽힌 당신의 메시지는
아 당신이 갈 길이
마냥 기뻐할 수 있는 길은 아니구나
꽃다발을 든 나의 손은
부끄러워 굳어 버리고 말았습니다.
그날 저녁 나에게 고백한 당신
"내가 바라는 것은
그리스도를 알고
그분의 부활의 능력을 깨닫고
그분의 고난에 동참하여
그분의 죽으심을 본받는 것입니다."(빌립보서 3장 10절)
그 길이 당신이 가고자 하였던 길….

3장

유학길에
오르다

저희가 유학을 준비하던 시기는 한국에서 신학을 했다면 비자가 나올 가능성이 거의 없던 시절이었습니다. 신학교의 '신'자만 나와도, 직업란에 목사라는 글자만 나와도 비자가 거절되었습니다. 그 당시 '태평양 목사', '비행기 안 목사'라는 말이 있기도 했으니 오죽했겠습니까? '한국에서 목사 안수를 받지 않고도 미국 공항에 도착하면 목사가 되어 있다'라는 뜻입니다. 목사는 미국에서 영주권 받기에 아주 유리하다는 말 때문이었습니다. 그런 상태니 주위에서는 남편 혼자 비자 신청을 해 들어가고 저는 이곳에서 직장 생활해 미국 학비를 보태는 것도 나쁘지 않을 것이라 했습니다. 주위의 권유대로 남편이 여권을 먼저 받아 비자 인터뷰 날짜를 기다리는 중 저는 부부는 기도하는 시간 외에는 떨어지지 말라는 성경 구절을 내세워 함께 비자를 신청해야 한다고 고집하였습니다. 유산도 한 상태에 시댁에서 직장 생활한다는 것도 그리 마음 편한 상황은 아니기도 했고요.

첫 번째 비자 신청은 역시 거절되었습니다. 재정 상태가 좋지 않고 학교가 그리 좋은 학교가 아니라는 것이 이유였습니다. 이유를 상세히 말해 준 것은 그 부분만 보충하면 된다는 뜻이기도 하지만, 재정 상태야 어찌어찌 할 수 있다지만 학교 입학허가서를 바꾼다는 것은 그리 쉬운 일이 아니었습니다. 그렇게 하려면 한국에서 1년을 더 묶여야 하는데 그렇게 하기에는 더욱더 쉽지 않은 상황이었습니다.

재정 상태를 다시 만들고, 또한 공부를 마치면 반드시 돌아올 사람이라는 신원 보증인으로 국회에 계신 분을 세우는 것이 좋다 하여 국회 부의장님께 신원 보증을 부탁드렸습니다. 이제야 털어놓는 이야기지만 그때 신원 보증해 주신 국회 부의장께서 저희에게 신원 보증서를 만들어 주시며 이것은 요식행위이니 자신의 체면에 문제가 될까 하여 억지로 한국으로 돌아오려 하지 말라, 가급적 한 사람이라도 그곳에서 자리를 잡아 국위를 선양하면 그것으로 된 것이라는 말씀까지 해 주시며 격려해 주셨습니다.

그렇게 신원 보증서를 받아 제출하고는 여리고를 돌듯이 매일 새벽마다 대사관을 찾아가 줄을 섰습니다. 추운 겨울인지라 결혼할 때 받은 예복인 한복에 두루마기를 입고 버선을 신으면 춥지도 않고 눈에 띌 것이라는 생각에 인터뷰 날짜가 아님에도 매일 대사관 앞에 가서 인사를 하고 나왔습니다. 그때는 경비 아저씨들이 형식적으로 가방 검사만 하고 그날 인터뷰 날짜가 잡혔으면 건물 안으로 들여보내고 아닌 사람은 그 날짜에 오라 하고 되돌려 보냈는데 아저씨들께 저의 사정을 말씀드리니 저는 예외로 건물 안으로 들여보내 주셨습니다. 마침내 우리의 비자 인터뷰 시간이 됐을 때 오늘 드디어 정식 인터뷰 날짜라 하니 경비 아저씨들 모두 행운을 빈다는 말씀을 하실 정도로 친분이 쌓인 상태가 되었습니다.

지금은 어떤지 모르겠으나 당시는 건물 2층에 여러 영사들 앞에 의자가 놓여 있고 앉은 순서대로 영사 앞에 가는 식이었습니다. 금발 단발머리 여자 영사는 까다롭고 비자안 주기로 유명한 영사였기에 그분에게 갈 차례가 된 것 같으면 화장실 가는 척하고 일어나 다른 영사에게 가라는 말까지 돌았습니다. 그런데 하필 우리가 그 금발 영사 앞에 설 차례에 놓이게 되었습니다. 하지만 남편은 하나님이 보내실 것이면 누구와 인터뷰해도 된다고 그냥 그의 창구 앞으로 가는 것이었습니다.

영사는 저에게 먼저 "오늘이 인터뷰 날인데 왜 그동안 자꾸 왔습니까?" 묻고는 이어서 남편에게 "이 학교는 어떻게 알게 되었습니까?", "공부를 마치고 한국에 돌아올 것입니까?" 하는 질문을 던졌습니다. 여러 가지 질문에 대한 남편의 답변이 적절했는지 영사는 우리의 여권에 도장을 찍으며 "굿 럭."이라 말해 주었습니다. 그것도 두 사람 모두에게 말입니다. 이렇게 미국은 우리에게 문을 열어 준 것이었습니다.

어렵게 향한 길, 미국에 도착했지만 앞으로 우리 앞에 어떤 일이 펼쳐질 것인지 더욱 긴장되었습니다. 공항에 누가 나와 주기로 했는데 제대로 나오실까? 앞으로 우리에게 어떤 세계가 전개될까? 나는 어떤 일을 해서 미국에서의 생활을 할 수 있을까? 등등의 생각 때문에 비행 9시간 만에 벌써 김치가 그리워지듯 속이 메슥거리기까지 하는 것이었습니다.

나성(LA) 공항에서 이민국과 세관을 통과한 후 겹겹이 껴입었던 겨울옷을 훌훌 벗어 여분의 가방에 넣고는 샌디에이고행 비행기에 올랐습니다. 샌디에이고 공항에 도착하니 감사하게도 영락교회를 섬기시는 김 목사님이 이민 가방 4개를 싣기에 충분한 왜건을 가지고 나오셨는데 말로만 듣던 대륙 횡단 차였습니다. 바로 학교로 가기에는 시간이 맞지 않아 김 목사님은 학교 근처에서 모텔을 운영하시는 집사님 댁에 우리를 데려다 주셨습니다. 집사님은 우리가 올 것을 예비해 엘에이갈비와 총각김치를 준비해 내주셨는데 그때 처음 먹어본 엘에이갈비와 총각김치는 아직도 잊을 수 없습니다. 배고플 때 보리밥 한 그릇이 배부를 때 흰밥에 고기 반찬보다 더 진한 감동으로 가슴에 새겨진다는 말이 생각납니다. 그때 주위에서 베풀어 주신 식사 초대, 우리의 생활을 염려하여 일자리를 알선해 주신 분들, 저는 한국에서는 몰랐던 빚진 자의 마음을 알게 되었습니다.

빚진 자

빚진 자의 심정을 알게 되었습니다.

은혜가 넘쳐 생긴 빚

주변의 관심과 도움이

이토록 가슴 깊이 박힐 수 없습니다.

예전에는 당연하다고 생각했던 것들이었을지 모릅니다.

그러나 그 당연하다고 생각했던 것이

당연하지 않은 것입니다.

그저 감사하고 감사할 뿐입니다.

그 감사의 마음이 넘치니 빚진 자의 심정이 되었습니다.

부담되지 않는 은혜가 넘쳐나는 빚

감사의 마음으로 갚을 수 있는 빚

받은 자에게 갚지 아니해도 되는 빚

타인에게 전수해 줄 수 있는 빚

세상에서 가장 아름다운 빚

그 빚을 지게 되었습니다.

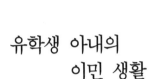

4장

유학생 아내의
이민 생활

미국에 도착한 다음 날 학교 입학금과 기숙사 비용을 내고 나니 수중에는 일주일 겨우 살 정도의 돈만 남았습니다. 이웃사촌이라는 말은 타향에서 더 실감 나는 것 같습니다. 여러 사람의 도움으로 영어 한마디 못하는 나의 처지에 맞는 일들을 소개 받았습니다. 우선 아기를 돌보는 일을 하게 되었고, 얼마 안 가 햄버거와 생선을 튀겨 파는 가게에서 일하게 되었습니다. 그곳에서 하루 13시간씩 일했는데 20대 초반인 나였지만 유산 후 바로 온 탓인지 나날이 추를 하나씩 더 다는 것처럼 몸이 무거워졌습니다. 그래도 한국에서 버는 것보다 더 많은 보수, 열흘 일하면 한국에서 한 달 월급에 해당하는 돈을 받게 되니 그저 감사한 마음으로 최선을 다해 일했습니다. 주급을 받는 시간은 어찌나 그리 빨리 오는지 받을 때마다 주인에게 연신 "감사합니다."라고 했더니, 사장이 "당신이 일한 걸 받는 건데 뭘 그리 감사하느냐."고 반문했을 정도니 말입니다.

주급을 받을 때의 기쁨은 컸지만 몸은 계속 아우성 소리를 내고 있었습니다. 결국 허리 통증과 함께 발바닥까지 깨진 유리 바닥을 걷는 듯 불이 나서 그 통증은 이루 말할 수가 없을 정도였습니다. 발을 붕대로 돌돌 싸매고 운동화를 신고 일을 하고는 집에 와서 그 붕대를 풀면 발이 터져 나갈 것 같아 울기를 한두 번 한 것이 아니었습니다. 방 한 칸짜리 아파트 월세 내는 것도 버거워서 하는 수 없이 학교에 사정을 이야기해 학교 게스트룸에 사는 것을 허락 받았지만 게스트룸에는 부엌이 없어 욕실을 주방 삼아 생활을 해야 했습니다.

이사 과정에서 몇 주 동안 일을 다닐 수 없던 관계로 그곳을 그만 두어야만 했습니다. 다시 얻은 일자리는 멕시코 사람들을 대상으로 하는 옷 가게였습니다. 한인이 하는 사업장은 대부분 좋은 환경의 장소는 아닌 것 같았습니다. 제가 일했던 곳은 미국에서도 열악한 환경의 동네였습니다.

미국 경찰이 범죄자들을 다스리는 처참한 모습을 여러 차례 보아야 했고, 총소리와 피 흘리는 흑인, 도둑질하다 잡혀도 얼굴 하나 빨개지지 않는 백인과 멕시코 사람 등 다양한 민족이 어울려 만들어내는 풍경은 가뜩이나 겁 많은 나를 더 겁쟁이로 만들기에 충분했습니다.

돌이켜보면 제가 미국에 온 이래 한인들이 하는 일을 정말 다양하게 경험한 것 같습니다. 생각나는 대로 몇 가지만 나열하자면 생선튀김 가게, 햄버거 가게, 옷 가게, 봉제 공장, 세탁소, 세븐일레븐 편의점, 웨이트리스, 신문 배달, 홈케어, 모텔, 꽃 가게, 중고매장 굿윌, 아마존 등등 정말 다양합니다.

남편이 교회를 섬길 때는 목회 내조에 중심을 두었으나, 생활에 어려움이 생길 때면 교회 사역에 피해가 가지 않는 시간에 파트타임으로 일을 하곤 했습니다. 그것도 어느 정도 일하다 카드빚 청산이 되면 그만두고 다시 목회 사역에 내조자로 돌아왔지요.

지금 생각하면 일할 때 가지고 있던 저의 마음 상태는 두 가지였던 것 같습니다. 처음 미국에 와서는 내가 일을 해서 남편이 공부에 전념할 수 있도록 하는 것이 내조라 생각하여 성실히 일했고, 남편이 담임목사를 하다 다시 풀타임 학생으로 갔을 때는 사모라는 무게감을 내려놓은 홀가분한 해방감이 나에게 일할 수 있는 원동력을 주었던 것 같습니다.

프린스턴 학생 시절에는 새벽에 신문 돌리고, 집에 와서 밥 먹고 세븐일레븐에 출근해 베이글에 치즈 넣어 포장하고, 커피 내려서 아침식사를 준비하고, 점심에는 샌드위치 싸는 일을 했습니다. 일주일에 사흘은 밤에 아기 데려와 돌봐 주고, 옷 수선 거리가 들어오면 수선을 하기도 했고, 세븐일레븐을 그만두고는 식당 웨이트리스를 하기도 했지요.

미국에서 한 일들은 대부분 육체노동이었습니다. 육체노동은 참으로 버겁기까지 했습니다. 버거운 만큼 성도들의 이민 생활을 느끼는 계기도 되었습니다. 한국 TV 프로그램 중에 〈체험 삶의 현장〉이라는 것이 있습니다. 배우나 방송인이 육체노동을 하고 받은 일당을 어려운 이웃을 위한 기금으로 내놓는 것인데 그들은 노동을 해서 받은 임금이 든 봉투를 소중히 들고 백마를 타고 올라가 돈 상자 안에 넣지요. 그런 일회성 행사와 비교될 수 없는 간절한 나의 체험 삶의 현장이었던 것입니다.

성도들이 바치는 헌금이 얼마나 절실한 삶 속에서 선별하여 내는 것인가 잘 알기에 사례비를 함부로 쓸 수가 없었습니다. 넉넉하지 않은 사례비가 몇 년 동안 이어졌지만 그럼에도 불만이나 어려움을 표현조차 하지 못했습니다. 또한, 영주권 없는 사람이 받는 시간당 임금에 차별이 있을 뿐 아니라 서러움을 당하기도 한다는 것을 알기에 그러한 처지의 교우들을 위해 더욱 간절한 기도를 드렸습니다. 지금도 사업하는 성도들을 위해 기도할 때 그 현장을 느끼며 기도하는 나 자신을 발견하곤 합니다. 소금 장수와 우산 장수 자식을 둔 어머니처럼 말입니다.

이런 나의 모습은 또한 말끝마다 절약 절약을 언급하는 것으로 이어지게 했습니다. 몇 년간 화장품 하나 제대로 사 쓰지 못하고 쌀뜨물과 시금치 데친 물, 오이 꽁다리, 레몬수 등과 같은 식재료를 대신 쓰고, 교회에서 밥을 하고 난 밥솥에 묻은 밥풀이 아까워 물을 조금 넣고 주걱으로 훑어내려 먹으니, 어떤 분은 제 모습을 보고 어렵게 자라지 않은 사람 같은데 너무 아까워한다 하는 말을 하시기까지 했습니다. 그럼에도 그때 비참하다 느끼지도 않았고, 아낌없이 풍족하게 생활하는 성도들을 부러워하지도 않았습니다. 오히려 어려운 이들을 더 이해할 수 있는 초석이 되었던 것 같습니다.

식당에서 일하면서 있었던 일 중 한 가지가 생각납니

다. 제가 일하던 식당은 주류도 함께 제공되는 곳이었습니다. 손님 중 일주일에 서너 차례 와서 식사와 술을 함께 하는 분이 있었는데 올 때마다 혼자가 아니라 여러 사람과 함께였습니다. 업무 관계 손님 접대를 위해 오는 것으로 보였습니다. 외모는 깔끔하고 꼭 양복을 입고 왔지만 그의 예의는 옷에 걸맞지 않은 경우가 많았습니다. 그야말로 진상 손님이었죠. 그쪽 테이블 웨이트리스는 그가 오면 웨이터에게 그 테이블을 떠맡기려고 했지만 그 손님은 그 웨이트리스를 요구하며 화를 내서 그 웨이트리스가 어쩔 수 없이 담당해야만 했는데 술을 곤죽으로 마시고 웨이트리스에게 온갖 험한 말과 행동을 했습니다. 그 모습을 보고 안타까움까지 느낀 적이 한두 번이 아니었습니다.

당시 남편은 가끔 담임목사님이 부재한 교회에서 설교 부탁이 오면 가서 설교를 하고는 했습니다. 그렇게 어느 교회에 가게 되었는데 그 술주정뱅이 진상 손님이 안내위원으로 주보를 나눠주고 있는 게 아니겠습니까. 알고 보니 그 교회의 집사님, 그것도 안수 집사님이었습니다. 그분이 저를 알아보았는지 얼굴이 빨개지는 것이었습니다. 모르는 척 시치미를 떼고 예배에 참석했으나 이후 그분을 다시는 그 식당에서 보지 못하게 되었습니다. 술 마시는 것까지 뭐라 하겠습니까만은 그래도 재직이라면, 아니 크리스천이라면 그렇게 마구잡이 행동은 삼가 해야 하지 않을까 하는 안타까움이 있었습니다. 더욱 안타까운 것은 하나님의 눈은 의식하지 못하고 저의 눈은 의식했던 것입니다. 우리가 얼마나 사람의 눈만 의식하고 하나님의 눈은 의식하지 않고 사는지 다시 한번 생각하게 된 계기가 되었습니다.

프린스턴에서 신문 돌릴 때 보았던 새벽 경치는 지금도 눈에 선합니다. 새벽 동녘의 그 감동 덕분에 힘든 줄 모르고 그 일을 했던 것 같습니다. 새벽 공기와 떠오르는 태양은 힘든 나에게 주시는 하나님의 격려의 손길처럼 느껴졌습니다. 그 당시 요즈음 같은 핸드폰이 있었다면 사진으로라도 남겼을 텐데…, 하기야 사진으로 어찌 그 당시의 감동을 다 표현할 수 있겠습니까. 그나마 그림이라도 잘 그릴 수 있다면 그림으로 그 아름답고 희망찬 맛을 함께 나눌 수 있을 텐데 아쉬운 마음뿐입니다. 가을은 가을대로, 봄은 봄대로, 여름은 여름대로, 겨울은 겨울대로 자연의 옷 갈아입음이 아름답지 않은 것이 어디 있겠냐만은, 인간들의 역사와 품위와 절묘하게 어울린 자연은 더욱 나의 감성을 자극하였답니다. 프린스턴 강을 가로지르며 노를 젓는 프린스턴 조정 경기팀들의 새벽 연습의 함성은 하루 활력을 나누

어 받기에 충분했으며, 태양의 눈 트임의 빛을 받으며 기지
개를 켜는 개나리들의 손놀림, 돌담을 배경으로 피어 바람
에 흔들려 춤을 추는 목련의 왈츠는 무거운 나의 눈꺼풀을
들어 올릴 뿐 아니라 희망의 바람까지 불어넣어 주는 분명
그분의 선물이었습니다.

목련의 메시지

온몸에 걸쳤던 파아란 옷들
비바람이 와
다 걷어가도
부여 움켜잡지 않고
당당히 다 내어 주었던 너

검푸른 앙상한 가지에
흰 눈 소복이 그대로 쌓여
너의 실체 알아보지 못해도
관여치 않고 다 받아들인 너

오만하리만치
당당히 그 자리에 서 있던 너
너의 실체를 이제야 알겠구나
그날에 대한 믿음이 있었음을

흰색, 보라색, 자색 빛의 드레스

귀족의 자태 드러나

깃 달린 부채 사아~ㄹ 사아~ㄹ

부쳐대며 오페라 합창할

날이 온다는 것을….

2막

이민 교회를 섬기다

1장

준비 안 된
사모?

　낮에 튀김 가게에서 일하고 옷 갈아입을 시간도 없이 바로 수요예배에 가면 나의 몸에서는 튀김 냄새가 진동해 아이들이 코를 킁킁거리며 냄새의 근원지인 나에게 다가와 "Oh, smells good(오, 냄새 좋은데)!" 하기까지 하고, 일이 너무 고되어 몸이 아파 앓아 눕게 되고 하니 그러한 나의 모습을 보고 주위에서 안타깝게 여겨 아는 분들이 남편에게 새크라멘토의 사역지를 소개하였습니다. 캘리포니아 수도인 새크라멘토는 당시 우리가 있던 곳에서 9시간 북으로 올라가는 곳이었습니다. 이렇게 소개받은 교회는 19명 정도 모이는 작은 개척교회지만 그래도 얼마간의 사례를 받고 공부할 수 있는 곳이니 사모가 파트타임으로 조금씩 일하면 지금보다는 나은 상태에서 생활할 수 있지 않겠냐는 지인의 조언 덕분에 바로 섬길 수 있는 교회를 소개받게 되었습니다. 그렇게 우리는 이민 목회 사역을 시작하게 된 것이지요. D집사님이라는 분이 밴을 가지고 먼 거리를 마다하지 않고 짐을 가지러 오셨습니다. 담임목사님을 모신다는 기쁨으로 가득 차 있는 모습을 그 집사님에게서 읽을 수 있었습니다. 우리가 미국에 가져온 이민 가방 4개와 배편으로 부쳤던 책 상자들을 다 싣고도 10인승 밴에 넉넉한 공간이 남았습니다. 그게 우리 이삿짐 전부였습니다. 그리고 언니가 사준 3,000불짜리 중고차를 몰고 또다시 한번도 가보지 않은 5번 도로를 따라 길에 올랐습니다.

고국을 떠나고 나니 순간순간이 한번도 가보지 않은 길이었습니다. 모국에 있을 때는 응당 익숙한 길이었고, 익숙지 않은 길을 간다고 하더라도 그리 긴장하지 않았습니다. 또한, 내일이 온다 해도 그 내일은 타성에 젖어 그리 두근거리는 내일이 아니었습니다. 그런 타성에 젖은 삶을 깨부수듯 한 진입로 한 진입로를 확인하며 달려가고 있었습니다.

중학교 때 미국을 다녀오신 영어 선생님이, "미국의 고

속도로는 얼마나 잘 되어 있는지 차 안에 커피가 가득 찬 잔을 두고 달려도 흔들려 쏟아지지 않는다."라고 하셨던 말씀이 생각나 실험이라도 하듯 커피를 사 들고 달려보기도 했습니다.

미국에서 차를 산 경험이 없던 우리라 공부를 마치고 한국으로 가는 학생의 차를 사고, 운전면허를 받아야 하는 학생들 운전 연습용으로까지 사용한 탓에 가끔 도로에서 어린아이가 뒤로 누워 땡깡 부리듯 멈춰 서곤 하던 우리 차는 가는 내내 차의 소리에 귀를 곤두세워야 하는 상태였습니다. 그렇게 우리는 두 시간마다 한 번씩 쉬면서 차의 상태를 확인해야 했던 터라 깜깜한 밤길을 하늘의 별을 보면서 달렸습니다. 한밤중에 도착하여 미리 약속한 대로 현관문 앞 매드 밑에 숨겨져 있던 열쇠를 찾아 문을 열고 우리의 새 보금자리 아파트로 들어갔습니다. 들어가니 소파와 조그만 식탁 옆에 우리의 짐이 가지런히 놓여서 우리를 기다리고 있었습니다.

식탁을 보니 지난 1년여의 생활이 스쳐 갑니다. 그동안 부엌이 없는 학교 게스트룸에서 살면서 욕실을 부엌 삼고, 종이 상자를 포장해 그 위에 나무판을 놓은 것이 우리의 식탁이었고, 그래도 부부가 산다고 가끔 홀로 있는 학생들을 초대해 식사하게 되면 같은 높이 상자 두 개에 문짝을 떼어 올려 긴 상으로 만들어 신문을 깔고 김치와 고기를 먹었는데, 이제는 부엌이 있고 식탁이 있는 미국 생활이 시작됨과 동시에 목회자의 삶이 시작되는 것이었습니다.

다음날 A집사님 내외 분과 교회의 책임 있는 몇몇 분이 방문해 주셨습니다. 오시는 분마다 손에 식품 및 필요한 생활용품을 들고 오셔서 어느새 냉장고가 배불러 오기 시작하였습니다. 다음날에는 키도 크고 체격도 좋으신 B집사님이라는 분이 오셨습니다. "안녕하세요? 어서 오세요. 뭐 마실 것이라도 드릴까요?" "아뇨, 그냥 냉수 한 컵 주세요." 하시고는 잠시 기도하시고는 말씀을 하시기 시작하였습니다. 이 교회가 어떻게 세워지게 되었는지와 그간 있었던 교우들의 상황과 형편을 일일이 설명해 주시면서 이러한 상황 속에 목사가 어떻게 처신해야 하는지와, 사모는 어떻게 행동하여야 하며, 누구는 어떻게 대해야 하며, 누구는 마음을 주어서는 안 된다는 등 세세히도 가르쳐 주시는 것이었습니다. 그러시더니 "사모님은 아주 예쁘게 생기셨는데, 어떻게 사모가 되려 했어요? 사모의 길이 얼마나 힘들고 고달픈지는 아세요?" 하시는 것입니다. 아직 어렸던 탓인지 아니면 너무 솔직한 탓인지 대답하지 않고 그냥 웃으며 넘어

가면 될 것을 꼭 답을 해야 하는 줄 알고 그 당시 나의 상황을 말하고 말았습니다.

"네, 저는 사모라는 자리를 보고 결혼한 것이 아니고 그냥 강기석이라는 사람을 사랑해서 결혼했어요. 그래서 그를 내조만 하면 된다고 생각했지 사모라는 역할이 따로 있는지는 잘 몰랐어요." 하고 말이죠.

이러한 나의 답변이 B집사님에게는 적잖이 기도 제목이 되었던 모양입니다. 나중에 이 답변이 새끼를 쳐서 돌아왔습니다. "강 목사 사모는 사모로서 사명감이 없는 사람이야. 그냥 어쩌다 보니 사모가 되었다더군.", "그렇군. 어쩐지 지난 명절 때 윷놀이 하는 것 봤어? 지지 않으려고 윷을 높이 올려 던지면서 큰소리 지르는 모습이라니….", "그의 표정을 봐. 자신의 마음에 맞지 않으면 얼굴이 변하는 것 말이야." 등등….

그렇게 시작된 이민 목회. 그때까지만 해도 나는 하늘나라 군인의 아내라는 인식만 있었지 사모로서의 부름이 따로 있다는 것은 상상도 못 했습니다. 부인, 아내라 하면 남편만 잘 보좌하고 내조하면 되는 것이라 생각했던 것입니다. 그런데 교회 사역이 시작되니 사모란 목사처럼 사역자며, 하나님의 종의 부르심이었던 것입니다. 남편이 학교 선생으로 있을 때 듣던 '사모님'이라는 호칭과 지금 목사 아내로 듣는 '사모님'이라는 호칭의 무게는 너무나 달랐습니다. 선생으로 있을 때의 '사모님'의 무게감이 거위털 코트를 입은 정도의 무게감이라면, 목사 아내로 듣는 '사모님'의 무게는 물 젖은 솜이불의 무게였습니다. 목사 안수 받고 '이제 하늘나라 군인의 부인이 되었구나.'라는 생각은 했으나 그것은 추상적인 표현일 뿐, 그저 다가오는 현실에 충실하게 살면 되는 것으로만 생각했던 나였습니다. 그러나 성도들이 기대하는 사모는 그것이 아니었습니다. 성도마다 다르게 요구되는 사모상이 있음과 동시에 그 틀에 저를 끼워 맞추려 드는 것이었습니다.

어느새 저도 모르게 사모 양성 사관학교에 들어온 셈이었습니다. 하기야 제대로 된 사모 양성 사관학교라면 나름대로 규칙이 있을 테니 따르면서 익히면 될 것이지만 이 학교는 명확한 규칙이나 규범이 정해져 있는 것이 아닙니다. 그야말로 웬만한 것은 '그때그때 달라요'인 것이지요. "사모님! 이럴 때는 이렇게 하세요. 사모로서 교우들을 돌보셔야해요. 사모로서 주일 친교를 도와주세요. 사모답게 옷을 입어 주세요. 사모로서 주일학교 아이들을 맞으세요. 사모로서 기도를 많이 하세요. 사모로서 표정에 신경 쓰세요. 사모로서의 행동을 하세요. 사모로서 교우들과 관계를 하세요. 사모로서, 사모로서, 사모로서….”

우리는 가끔 본질을 잃어버리는 경우가 많은 것 같습니다. 그 본질은 내가 집사냐, 권사냐, 장로냐 라는 직분에 있는 것이 아니라 근본적으로 내가 크리스천이라는 본질에 접근하여 크리스천으로서의 자세를 고찰해 보아야 할 것 아닌가 싶습니다. 물론 그것은 상대방을 향해 있는 것이 아닌 나를 향한 물음이어야 하지 않나 싶습니다. 하기야 집사가, 권사가, 장로가, 목사가, 사모가 하는 역할이 있지만 이제 생각해 보면 그 모든 것에 앞서 그가 그리스도를 만났으며 그리스도의 사람 크리스천으로서의 삶을 살도록 해야 하지 않을까요? 먼저 된 크리스천이라면 기다려 주고 보듬어 주어 그가 누구든 간에 연약하다면 품어 키워 주어야 하지 않나 생각합니다. 이러한 말을 나 자신에게도 적용해 봅니다. 이제 내가 나됨을 안 나로서 다른 이들을 대할 때 그가 그리스도의 장성한 분량에 이를 때까지 기다려 주고 포옹하며 기도해 주면서요.

사모로서, 어떤 사역자로서를 강조할 것이 아니라 크리스천으로서를 질문하고 요구하는 나 자신이 되어야 한다고 되뇌어 봅니다.

2장

순수한 목사관이
깨지다

처음 목회를 하게 된 교회는 미국 교회의 건물을 빌려 쓰고 있었습니다. 그 교회의 외관은 가톨릭 수도원을 연상케 했습니다. 나지막한 지붕에 사각으로 건물이 둘러싸고 있고, 건물 가운데는 부드러운 잔디가 깔려 있어 그곳에 집중적으로 햇빛이 들어오고 건물을 끼고 차양이 내려 있어 그 주변을 걷거나 벤치를 놓아 앉을 수 있게 되어 있는데 그 분위기가 저에게 참으로 안정감을 주었습니다.

주일을 맞아 한국에서 가져온 조그만 타자기로 주보를 만들고, 교회에 나가니 교회 반주자는 연세 있으신 권사님이셨습니다. 그 권사님은 아들 내외와 근처 한인 교회에 출석하는 성도인데 이 교회는 미국 교회가 예배를 마친 후 1시에 예배를 드리기에 개척교회를 돕고 싶어 반주로 봉사하신다고 했습니다. 그렇게 말씀하시는 권사님은 예배는 아들과 함께 근처의 큰 교회에서 드리는데, 이쪽은 작은 교회라 가여운 마음에 봉사하게 되었다면서 사모님은 그리 알고 성도들을 대하라 하셨습니다. 무엇이 사모님 귀에 거슬리면 수준이 낮아 그러는 것이다 생각하고 넘어가라는 말씀이었습니다. 하기야 강 목사는 이제 30대 초반, 저는 20대 중반이니 아직 어리디어린 목회자라 그분이 보시기에는 어설퍼 보일 수도 있어 하실 말씀을 다 하는 것일 수도 있습니다.

이렇게 주의 날을 봉사하게 되었습니다. 첫 주일 예배 인원은 19분이었습니다. 알고 보니 그중 절반은 A집사님이 운영하는 청소용역업체 직원이었습니다. 이제야 B집사님이 하신 말씀이 윤곽이 잡히기 시작하는 것이었습니다. 교회에는 두 분의 안수 집사님이 계셨습니다. A집사님은 청소업체를 운영하셨고 C집사님은 예전에 주유소와 함께 차수리업을 하셨는데, 이제는 자연 농업에 뜻을 두어 사람을 살리는 유기농 농사뿐 아니라 자신이 직접 닭과 돼지, 염소, 소 등을 키우는 유기농 농부였습니다. 그런데 어떻게 두 분이 마음이 맞아 함께 개척교회를 섬기기로 했는지 이해가 안 될 정도로 성격과 생각이 다른 분들이셨습니다. A집사님은 사업이 날로 번창하게 되므로 물질을 대할 때 좀 많이 여유롭게 대하고, C집사님은 하나하나 아끼고 따지는 분이셨습니다. 그러니 목사님의 행동 하나하나가 그분들에게는 누구의 말에 강 목사가 더 귀를 기울이고 행동하는가에 관심이 더 있는 것이었습니다.

그럼에도 교회는 점점 안정을 찾아가고 새로운 가족들이 늘어났습니다. 한두 명씩 청년들이 들어오기 시작하고 그들이 성경 공부와 함께 모이기에 힘쓰기 시작하니 자연히 주위에 교회의 좋은 소문이 돌고 청년들이 늘어남에 따라 교회가 부흥을 하게 된 것이었습니다. 어느새 주일학교 학생들도 늘게 되고 우리는 새로운 예배당을 얻게 되었습니다. 그러한 과정에 두 안수 집사님이 교회가 교단에 가입하기를 소망한다는 의사를 표현하셨습니다. 그래서 어느 교단에 가입하고 싶으신지 물으니 미국 장로교단에 가입하고 싶다고 하십니다. 우리가 오기 전에 가입하고 싶어 문을 두드렸으나 목사님이 자격이 되지 않아 무산됐다는 것입니다. 남편은 연합장로교가 미국 장로교단 교회임을 알기에 연합장로교 소속 정 목사님에게 도움을 청해 김 총무님을 소개받게 되었습니다. 그리고는 예배당 이전 예배 겸 부흥회를 열자 하여 그리하기로 하고 이곳을 소개한 양 목사님을 부흥 강사로 모시기로 하였습니다. 부흥회는 은혜롭게 끝났습니다.

그런데 교회가 부흥되어 100여 명의 교우가 되어 가는 것이 기뻤던 몇몇 집사님들이 7월 목사님의 생일을 두고 다투게 되었습니다. 조금 여유 있게 생일잔치를 하자는 쪽과 그러지 말고 케이크 하나 놓고 검소하게 하는 것이 좋다는 의견이 목사님 모르게 팽팽하게 대립하였던 모양입니다. 그 내용을 몰랐던 우리는 A집사님이 점심 초대한다고 만나자 하여 그 장소로 가니 산호세에서 목사님 3분이 와 계셨습니다. 놀라 무슨 일인가 하니 깜짝 생일잔치를 열어 놓았던 것입니다.

그곳에서 A집사님 내외 분이 목사님에게는 양복 한 벌을, 저에게는 피에르 가르뎅 핸드백을 선물하니 그 목사님들이 보기에는 부러움의 대상이 되고 말았던 것입니다. 우리는 양 목사님의 소개로 이 교회에 오게 되었는데 나중에 듣고 보니 그는 또 다른 김 목사님이 말씀하셔서 우리를 소개했다고 합니다. 이런 인연으로 우리는 그 목사님들과 자연히 친분을 쌓게 되고, 더불어 서로의 집들을 왕래함으로 나는 교우들이 가져다 준 좋은 음식들을 냉동실에 잘 보관했다가 그분들이 우리 집에 오시면 극진히 대접하였는데, 그분들은 우리가 항상 이러한 음식을 즐기면서 최고의 대접 하에 사역하는 것으로 생각하셨던 것 같습니다. 또 마침 이곳에 오자마자 우리를 이곳까지 데려다준 차가 완전 고장이 나 다른 차를 샀는데, 렌터카로 사용되었던 그 차는 외관은 아주 그럴듯한 모습이었습니다. 그것들이 그분들에게는 질투심을 유발하는 요인이었던 모양입니다.

아무튼, 생일잔치를 한 뒤 몇 주 지나지 않아 A집사님이 갑자기 교단 가입을 철회하자 하십니다. 이미 공동의회까지 다 거친 내용을 혼자 철회를 요구하는 것입니다. 목사님이 납득이 가지 않아 이유를 묻자 그 교단은 동성애자들을 옹호하는 교단이기에 안 된다는 것입니다. 동성애자를 옹호하든 안 하든 이미 미 장로교단에 대해 환히 알고 있는 분이 왜 갑자기 저렇게 반대하나 이해가 되지 않았던 터인데, C집사님 또한 갑자기 태도를 바꾸는 A집사가 이해가 되지 않는다면서 양쪽 입장이 다시 팽팽해지는 것이었습니다.

나중에 알고 보니 A집사님 뒤에는 그 세 목사님이 계셨습니다. 그분들은 우리 교회에 대해 나름의 계획이 있었던 것이었습니다. 세 분 자신들의 교회와 우리 교회, 그리고 몇몇 교회를 합쳐 노회를 만들고, 또한 신학교를 만들어내려는 계획이었는데 우리가 다른 노회에 가입하게 되면 자신들이 세운 계획에 차질이 생기는 것이었습니다. 더군다나 A집사님의 상황에 그분들의 제안은 너무나 혹한 제안이었습니다. 미국 이민 초기 사람들의 관심은 물질적 욕구에 맞춰져 있습니다. 그 물질적 욕구가 채워져 살만하면 명예욕이 올라오는 것입니다. 그러니 세 목사님들의 신학교 이사장직 제안은 그를 혹하게 만들기에 충분했던 것입니다.

그렇다 치더라도 한 사람의 의견에 교회 결의안을 단숨에 바꿀 수는 없는 일이기에 남편은 이견이 좁혀질 때까지 기다릴 수밖에 없었습니다. 그 시간 동안 A집사님과 세 분의 목사들은 남모르게 만남을 계속하고 있었습니다. 남편이 시간을 끌자 한 달, 두 달 사례비를 주지 않았습니다. 교회 헌금을 모두 건축 계좌로 돌려놓고는 일반 계좌에 돈이 없어 주지 못 한다는 것이었습니다. 그래도 남편은 A집사에게는 자신이 이유를 물어볼 테니 저보고 절대 성도들에게 내색하지 말라고 당부했습니다. 내가 내색하지 않아도 교회의 분위기는 술렁이기 시작하였습니다. 어느새 몇몇 성도들은 저에게 이것저것 질문을 하기도 하였고, 교회 내 가장 큰 문제인 증거 없는 말들, 이랬다더라 저랬다더라, '카더라'가 난무하는 것입니다. 이러한 날카로운 분위기는 나에게까지 전달되어 불안감으로 다가왔습니다. 그 당시 나의 몸속에는 생명체가 자리를 잡은 상태였습니다. 아무것도 모르는 저는 항상 그리해 왔듯이 무릎을 꿇고 기도하기 시작했습니다. 그러나 간절한 기도에도 불구하고 사태는 더욱 악화일로로 치닫기만 했습니다.

강 목사가 아직 어려 미국 장로교회를 모르고 가입하려 한다. 그곳에 가입하면 교회 재산이 그곳 소유가 된다. 강 목사가 미 장로교에 가입하려는 것은 그가 영주권이 없어 영주권 신청하려 하는 것이다 등등, 소문은 걷잡을 수 없이 커졌습니다. 분명 교단 가입 건은 두 안수 집사님들이 들고 나와 가결한 것임에도 불구하고 사실과는 다른 A집사 쪽 말들이 교회 온 식구들을 흔들어 놓는 것이었습니다. 그렇게 강 목사에 대해 들추기 시작한 말들이 결국 저에게까지 왔습니다. 사모가 어쩌고, 사모가 저쩌고, 이러한 시달림은 결국 나의 몸에 자리잡으려던 생명을 잃게 했습니다.

의료보험도 없는 데다 사례비를 주지 않으니 전화요금, 전기요금, 아파트비, 차 할부금 등이 문제 되기 시작했습니다. 교회에서 1,000불을 받아 십일조 100불, 감사헌금 20

불, 아파트비 350불에 차 할부금 400불, 전화 요금 100불, 가스비 100불, 전기세 50불 등을 지불하면 항상 마이너스인 계산이 나오지만, 이것을 사르밧 여인의 밀가루와 기름 항아리(왕하4:1-7)로 고백할 수밖에 달리 고백할, 설명할 수가 없습니다. 그렇게 근근이 생활하는 처지였는데, 이제 그것마저 주지 않으니 병원비가 무서워 병원조차 가지 못하고 나는 계속 하혈을 하는 상태였습니다. 그 상황의 간절함이 통했는지 스톡턴에 계신 산부인과 의사 선생님이 그냥 진료하고 치료해 줄 테니 오라는 연락을 받고, 치료를 받을 수 있었습니다. 그런가 하면 까마귀 떼를 통해 식량을 공급해 주시듯 문 앞에 쌀이 놓여 있는가 하면 갈비가, 굴비가, 김치가 놓여 있기도 했습니다. 나중에 안 사실이지만 우리가 어려움을 겪는 것을 듣고 성도들이 염려하는 마음으로 몰래 가져다 놓은 것이었습니다.

이러한 상황 속에서도 남편은 교우들에게 아무 말도 하지 않았습니다. 교우들이, "저희가 뜻을 함께할 테니 무슨 일인지 다 말씀해 주십시오."라고 해도 일체 침묵 속에서 오로지 두 안수 집사와 뜻을 같이 하라는 말만 할 뿐이었습니다. 이러한 거센 폭풍우 가운데 오로지 아뢸 곳은 아버지밖에 없었습니다. 마음과 육신이 이렇게 고통스러울 수가 없었습니다. 약탕기에 약을 삼베로 짜내듯 나의 간절함은 진한 액이 되어 나왔습니다.

그때 꿈인지 환상인지 떠오르는 장면이 있었습니다. 그들이 어느 식당에 모여 앉아 있는 모습이었습니다. 그래서 저는 남편에게 그들이 식당에 모여 있는데 같이 가자 했습니다. 남편은 당신이 어떻게 아느냐 하고 물으면서도 차 키를 가지고 일어섰습니다.

식당 주차장에 다다르니 그곳에 A집사의 벤츠가 있었습니다. 남편과 저는 식당 안으로 들어갔습니다. 저에게 보여준 그 장면 그대로 그들은 함께 머리를 맞대고 있었습니다. 남편을 보고 깜짝 놀란 세 분의 목사를 비롯해 A집사님과 합세한 두 분은 어쩔 줄을 몰라 했습니다. 남편은 조용히 그분들이 있는 테이블로 걸어가더니 "목사님들께서 이먼 곳까지 오셔서 우리 집사님들을 교육해 주시니 고맙습니다." 하고는 돌아서 나왔습니다. 저는 다리가 떨려 한 발짝 떼는 일이 뻘에 빠진 발을 들어올리는 것처럼 힘겨웠습니다. 식당 밖으로 나오는 몇 걸음이 천릿길처럼 느껴졌습니다.

집으로 돌아오는 내내 우리는 침묵 상태로 있었습니다. 그 침묵은 그러나 그리 오래가지 않고, 내 안에서 올라오는 정의감이 베드로와 같이 칼을 빼 들었습니다. 어려서부터 아버지의 교육이 몸에 박혀 있던 흑과 백의 나눔, 선이 악에 져서는 안 된다는 원칙론이 남편을 향해 울분의 소리를 지르게 만든 것입니다. 지금의 남편 모습을 이해하기는커녕 불의 앞에 당당히 싸우지 못하는 것이 비열해 보여 그의 속을 마구 헤집어 놓는 말을 해대었답니다.

3장

바보
목사

남편은 바보였습니다. 배운 바보, 아는 바보…. 모르는 바보는 그냥 바보라지만 알면서, 배웠으면서 하는 바보는 무슨 바보라 해야 할까요?

나름 저는 화풀이라면 화풀이를 남편에게 퍼부었는데 한마디 하지 않고 남편은 그냥 묵묵히 듣고만 있었습니다. 그러고 보니 그는 갈 곳이 어딜까 하는 생각이 들어 측은해 보였습니다. 그래서 다음날 "여보, 어제는 미안했어요. 당신 속도 속이 아닐 텐데, 답답한 마음이 올라와 해서는 안 되는 말을 당신에게 쏟아부었으니 당신의 그 속은 누구에게 풀겠어요."

"응, 그래. 이제 속이 풀리오? 그러면 됐소. 나는 속이 부글거릴 자격조차 없소. 왜냐면 이 일은 내 일이 아니고 주님의 일, 나는 그저 하라는 것만 하면 되는 것. 그러니 내게 무슨 자격이 있겠소." 라고 하는 것입니다.

금요일 가정 예배를 드린 후 차 한 잔의 시간을 갖게 되자 남편이 진지한 표정으로 질문을 한 적도 있습니다.

"수정! 내가 만일 그런 영광스러운 일은 없겠지만, 사도 바울처럼 돌에 맞는 일이 생기면 당신은 어떻게 하겠소? 아내로서 당신은?" 그의 표정은 사뭇 진지했지만 그런 그가 나는 바보로 보였습니다.

"뭐예요, 그 질문은? 지금 이 시대가 기독교 박해가 있는 시대도 아닌데."

"그러니 묻는 것이요. 당신은 어떻게 하겠냐고."

"당신이 아무 잘못 없는데 돌을 던지면 그걸 가만둬요? 그 돌을 주워 들어 욕을 해대면서 그들을 표적 삼아 다 던져줄 거예요."

"아니, 그러면 안 돼요. 나에게 돌을 던지는 사람 쪽에서서 나를 보면서 떳떳하게 맞으라 응원해 주어야 하오."

"난 그렇게 못해요. 당신이 잘못한 것이 있으면 몰라도 그게 없으면 어떻게…. 그러나 한 가지 당신이 잘못한 일이 있어 맞는 돌이라면 그들이 들어 치기 전에 내가 당신을 돌로 칠 수는 있어요. 그건 염려 마세요. 나는 그렇게 배워 왔어요. 하지만 잘못 없는 사람이 억울하게 당하는 것은 눈뜨고 볼 수 없지요. 그가 누구든 간에."

"여보! 목회 현장에서 일어나는 문제는 성도들과 대립하는 것이 아니오. 사탄과의 싸움이지. 그렇기에 성도들을 향해 대적하는 마음을 가지면 안 되는 거란 말이요. 그들은 끝까지 성도여야 하고, 그들이 지금 성도의 모습이 아닌 것 같이 보일지라도 그들은 핏값을 주고 산 귀한 그리스도의 자녀, 성도라는 것을 고백하지 않으면 목사는 목사직을 감당해서는 안 되는 것이요."

"싫어요. 잘못도 없는데 당하는 것은 억울해서 싫어요. 그렇게 억울하게 당하는 것은 예수님도 좋아하지 않을 거예요."

"여보! 목회 현장은 잘잘못을 성도들과 따지는 것이 아니라 끝까지 예수님의 방법을 따르겠다는 다짐의 현장이요. 사모 사역을 잘 감당한 한 분이 있소. 주기철 목사님 사모님이신데, 주 목사님이 감옥에 갇혀 모진 고문에 지쳐 있을 때 사모님이 소복을 입고 면회를 갔다 하오. 주 목사님이 '아니 왜 소복을 입으셨소. 누가 돌아가셨소?' 하고 물으니 사모님이 '네. 주기철 목사님이 돌아가셨어요.' 했답니다. 그 말을 들은 목사님은 그 말씀의 뜻을 깨닫고 다시 용기를 내어 순교의 길을 갔다 합니다. 그렇게 가는 길이 목사의 길, 사모의 내조요."

그 말을 듣는 순간 연애 시절 신앙생활을 하던 친구들이 하던 말이 생각났습니다.

"너 어떻게 신학 하는 사람과 사귀니, 강 선생이 목사 하면 어떻게 하려고,"

"왜? 사모의 길이 따로 있니? 남편 따라붙는 호칭이 사모인데."

사실 저는 교회 내에서 사모가 하는 역할을 그다지 눈여겨 보지도 않았거니와 성인이 되어 다녔던 교회는 워낙 큰 교회인지라 사모님이 누구신지도 몰랐습니다. 오로지 하나 아는 것은 하늘나라 군인의 아내 정도였을 뿐입니다. 한국에서 사역하는 목사와 미국에서 사역하는 목사의 일이 이토록 다른지도 몰랐습니다. 아무리 개척교회라 하지만, 한국에서 누가 이곳으로 온다고 하면 공항에 나가 그의 짐을 들어 주고 그의 친척 집에 데려다 주든가 아니면 미리 아파트를 얻어 거기로 모셔 드리고, 도착하는 날 식사 준비하고, 직장 얻어 주고, 아이들이 있으면 학교 등록시켜 주고,

집에 필요한 가구가 있으면 중고시장 다니며 구해 주고, 차 사는 곳에 모시고 다니다, 운전 연습시켜 운전면허 받게 해 주는 등 온갖 궂은일을 다 돌보아 주면서 그가 정착하는 순간까지 일일이 보살펴야 하는 것도 모자라 이사를 한다면 이삿짐도 날라 주고, 사업을 하기 위해 가게 공사하면 그 공사장까지 가서 페인트를 칠하는 등 온갖 잡일들까지 다 도와 주어야 하는 것은 물론이며, 미처 챙기지 못하고 지나치면 목사가 성도를 돌보아 주지 않는다고 온갖 말들이 난무하는 것입니다.

또한, A집사 하는 사업이 밤에 하는 사업이고 많은 교우가 그곳에서 일하여 밤늦게 커피와 빵을 가지고 심방 차 일하는 장소로 가 기도하고 오면, 어느새 A집사가 돈이 많아 목사가 돈 많은 사람 위주로 일하고 있다는 말이 나옵니다. 이런저런 말 속에도 묵묵히 우리 맡은 일이다 하고 봉사하였으나 여기 오기 전까지는 이러한 일들이 목사가 해야 하는 일인지도 몰랐습니다. 한국에서 신앙생활 할 때는 보지도 듣지도 못한 목사의 사역들을 받아들여야만 했던 것입니다. 그렇게 하는 게 이민 교회 목사라는 것까지는 받아들이겠는데 지금의 이 상황은 도대체 어떻게 이해해야 하는지 너무나 많은 의구심이 드는 것입니다. 일제시대 독립운

동의 현장도 아니고, 그렇다고 외부에서 교회 박해를 하는 것도 아닌데 도대체 같이 믿는 사람들끼리 무슨 명분이 있어 이렇게 험하게들 구는 것인지 알 수가 없었습니다.

남편은 A집사가 교단 가입을 취소하자는 말을 하자 바로 느낌이 왔었답니다. 이 일은 그리 쉽게 마무리되지 않을 수도 있겠구나 하고요. 주일이 오자 그는 평상시와 다름없이 예배를 인도하였습니다. 그의 설교는 일반인들이 보기에는 어리석게 돌아가시는 예수님에 대해 증거하면서 그 어리석은 죽음이야말로 우리를 살리시는 죽음, 그 죽음으로 인해 부활을 맛볼 수 있었다는 내용이었습니다. 그것으로 그날의 예배를 은혜롭게 마친 줄 알았는데 축도 후 그는 예배당 문으로 향하지 않고 강단에 서서 지금 여러분에게 할 말이 있으니 잠시 있어 달라면서 강단 앞에 무릎을 꿇는 것이었습니다. "여러분, 저는 오늘부로 사표를 냅니다. 지금까지 교회가 혼란스러웠던 것은 다 담임목사인 저의 불찰이니 저를 부디 용서하시고 여러분은 하나가 되어 주의 몸 된 교회를 섬겨 주십시오." 순간 저는 큰 망치로 머리를 맞은 것 같았습니다. 아, 저이가 저렇게 하려고 나에게 그렇게 많은 말들을 하였구나. 바보…. 자신이 잘못한 일 하나도 없는데 잘못이라 고백하다 못해 무릎까지 꿇는 바보….

선한 능력으로

그 선한 힘에 고요히 감싸여 그 놀라운 평화를 누리며
나 그대들과 함께 걸어가네 나 그대들과 한 해를 여네
지나간 허물 어둠의 날들이 무겁게 내 영혼 짓눌러도
오! 주여 우릴 외면치 마시고 약속의 구원을 이루소서
그 선한 힘이 우릴 감싸시니 믿음으로 일어날 일 기대하네
주 언제나 우리와 함께 계셔 하루 또 하루가 늘 새로워
주께서 밝히신 작은 촛불이 어둠을 헤치고 타오르네
그 빛에 우리 모두 하나 되어 온 누리에 비추게 하소서

그 선한 힘이 우릴 감싸시니 믿음으로 일어날 일 기대하네
주 언제나 우리와 함께 계셔 하루 또 하루가 늘 새로워
이 고요함이 깊이 번져갈 때 저 가슴 벅찬 노래 들리네
다시 하나가 되게 이끄소서 당신의 빛이 빛나는 이 밤
그 선한 힘이 우릴 감싸시니 믿음으로 일어날 일 기대하네
주 언제나 우리와 함께 계셔 하루 또 하루가 늘 새로워
그 선한 힘이 우릴 감싸시니 믿음으로 일어날 일 기대하네
주 언제나 우리와 함께 계셔 하루 또 하루가 늘 새로워

남편이 존경하는 디트리히 본회퍼 목사님의 "선한 능력
으로"를 되뇌어 봅니다.

4장

그럼에도
불구하고

　우리의 이야기를 들은 김 총무님에게서 전화가 왔습니다. 어찌하려고 그렇게 빨리 사표를 냈냐고 염려하셨던 것입니다. 사실 우리는 아무런 대책이 없었습니다. 남편은 단지 더 시간을 끌면 성도 간에 더 큰 분쟁이 있을 것 같아 분쟁의 씨를 없애려면 목사 자신이 떠나야 하겠다는 판단밖에 없었던 것입니다. 내가 옳으니 네가 옳으니 하는 상황이 되면 더 이상 성령님이 역사할 틈이 없는 것, 그 분쟁의 씨가 목사에게서 온 것이라 판단되면 빨리 그 씨를 죽여야 한다는 것이랍니다. 주일날 오후, 한없이 우는 나를 달래면서 했던 그 변명 같지도 않은 설명을 김 목사님께 또 하는 것이었습니다.

주일날 남편의 발표에 교회는 오히려 더 시끄러워졌습니다. A집사와 뜻을 같이하는 그룹과 아닌 그룹의 색깔이 더 확연히 갈라진 것입니다. 그럼에도 남편은 그간 있었던 일들에 대해 함구하고 그저 자신이 처음 접한 담임목사직이기에 실수가 있었다고만 하고는 공부하러 왔기에 공부를 마치려 한다는 말만 하는 것이었습니다. "저는 이곳에서 2년 동안 사랑을 많이 받았습니다. 이 교회는 저를 키워주셨습니다. 제가 공부를 마칠 수 있게 많은 배려를 해주었기에 감사할 뿐입니다. 그리고 다음 과정을 가야겠기에 염치 불구하고 사표를 내는 것뿐이고, 그간 교회 내에서 있었던 말들은 실체가 없는 말들이라 여기시길 바랍니다."

우선 짐을 싸기로 하고 정리하는데 A집사와 그와 뜻을 같이하는 두 집사님이 오셨습니다. 그 분들이 온 요지는 차를 사는데 A집사가 공동보증했으니 키를 달라는 것입니다. 같이 오신 B집사님은 우리 차를 자신이 인수해 나머지 할부금을 낼 테니 염려하지 말라는 말까지 하면서 말입니다. 어처구니가 없었습니다. 그 말을 들은 남편은 피식 웃는 것입니다. 나는 가뜩이나 화를 참고 눌러 놓고 있던 열기가 속에서부터 확 올라왔습니다. 남편이 말을 하기 전 내가 먼저 터뜨려야겠다는 생각에 "무슨 말씀들 하시는 거죠? 차를 살 때 보증금도 저희가 냈고, 지금까지 할부금도 우리가 냈습니다. 그러니 공동보증했다 해도 A집사님께는 아무 권리가 없습니다. 우리가 할부금을 못 내면 A집사님 신용 문제가 생길까 우려된다고 말씀하셨는데, 절대 그럴 리는 없을 것이며 그렇게 될 경우 차를 처분할 테니 염려 마십시오. 말이 나왔으니 말인데 그간 밀렸던 우리 월급이나 주십시오. 그렇지 않으면 저는 가만 안 있겠습니다."

그런 나의 모습에 A집사는 적잖이 당황했는지 어린 사모의 맹랑한 모습을 보라면서 "사모님! 무슨 말씀을 그리 맹랑하게 하십니까? 영주권 없이 일하면 어찌 되는 줄 아시고 하시는 말씀입니까?"

"네, 그런데 집사님이 한 가지 놓치신 것이 있으시네요. 우리는 이미 근로 허가를 받은 상태이기에 거기에 해당이 안 됩니다." 하고 대들다시피 대꾸했습니다.

그 순간 저는 아기를 잃고, 가슴은 갈기갈기 찢어지고, 목회에 대한 환상도 깨지고, 소명감이 무엇인지, 천지 창조 전 혼돈의 세계에 있는 듯 엉망이 된 상태인지라 예의나 의연한 모습을 갖출 여력이 없었습니다. 어이없다는 듯 그들은 돌아갔습니다. 발발 떠는 나의 모습이 측은했던지 남편은 말없이 나를 안아 주었습니다.

 김 목사님은 우리의 사정을 알고 학교 입학 날이 되려면 아직도 6개월이라는 시간이 있는데 그동안 돌보아 줄 교회가 있으니 그곳에 가는 것은 어떻겠냐는 제안을 해주시는 것이었습니다. 저는 그 말씀을 듣는 순간 어느 날 기도할 때 보였던 환상이 기억났습니다. 그래서 그 장소에 먼저 가보자 했습니다. 그러면 그곳이 우리가 가야 하는 곳인지 알 것 같았기 때문입니다. 우리는 그날 두 시간 거리인 그곳에 가보게 되었습니다. 근처 언덕에 도착하니 이미 날은 어두워졌습니다. 언덕 아래 펼쳐진 도시 풍경을 본 순간 저는 놀라고 말았습니다. 제가 기도 가운데 본 그 광경이었습니다. "여보! 저 여기 이 모습을 보았어요. 이곳이 당신이 사역할 장소예요." 남편은 이런 제 말에 반문하지 않고 그대로 받아들여 주었습니다.

 그 교회의 청빙위원들은 일사천리로 청빙 절차를 처리해 주셨습니다. 가장 큰 문제는 밀린 렌트비였습니다. 두 사람 다 장남, 장녀인 처지에 동생들은 아직 학생들이기에 한국 부모님께 금전 요청을 할 수도 없어 고민하고 있는데 언니에게서 전화가 왔습니다. 언니에게 사정 이야기를 하니 당장 돈을 송금해 주었습니다. 밀린 렌트비를 그렇게 정리하고 짐을 다 싸서 다음날 떠나려는데 청년들이 집에 찾아왔습니다. 그리고는 돈 봉투를 내놓습니다. 깜짝 놀란 남편이 어찌 된 것이냐 하니 청년회장이 A집사님 댁에 가서 담판을 지었다는 것입니다. 밀린 월급 3달 치와 2년 사역했으니 두 달 치 월급을 내어놓으라고 말입니다. 그리하여 밀린 전화 요금, 차 할부금, 전기세 등등을 깔끔하게 정리할 수 있었습니다.

그 당시 끝까지 우리의 이사를 도와준 분들이 지금도 생생히 떠오릅니다. 자신이 샌디에이고에서부터 우리 짐을 싣고 왔으니 가시는 곳까지 모셔 드리겠다고 나선 D집사님, 또한 가시는 곳이 어디인지 보아야 마음이 놓이겠다고 함께 한 B집사님, K집사님, J집사님…. 그렇게 실패한 것 같은 상황에도 불구하고 하나님은 우리를 당신의 사역지에 또 보내 주신 것입니다.

서로 인자하게 하며 불쌍히 여기며 서로 용서하기를 하나님이 그리스도 안에서 너희를 용서하심과 같이 하라

(엡 4:32)

5장

목사에 대해
좋은 소문을 내는 교우들

　남편이 새로 사역하게 된 교회는 미국 부부들이 "레츠 고 리노" 하면 이혼하러 가자는 의미인 곳인 네바다 리노였습니다. 언제 학교에서 연락이 올지 모르지만, 하나님은 남편이 이곳에서 사역하기를 원하는 것이라 생각하고, 순종하기로 하였습니다. 이전에 섬겼던 곳은 장로님들이 계시지 않았다면 이곳은 장로님들이 6분이나 계셨습니다. 이 교회는 90여 명의 성도가 모인 곳인데 얼마 전 목사님을 둘러싸고 분쟁이 일어나 40여 명이 자신들이 교회를 개척하겠다고 나갔고 이곳에 계셨던 목사님 또한 그 분쟁 가운데 지쳐 다른 곳으로 이전해 가서 목사가 부재인 상태였던 것입니다. 이 교회 또한 미국 교회를 빌려 예배를 드리는데 전의 교회와 다른 것은 같은 미 장로교단이라는 것이었습니다. 이 교회의 역사는 미국 교회 담임목사님이 선교 차원에서 한인 교회를 지원하여 렌트비를 받지 않을 뿐만 아니라 주일학교 교사까지 지원해 주셨는데, 그 사역에 반대하는 장로들에게 밀려나 미국 교회 목사님까지 바뀐 상태라고 했습니다. 그러면 한인 교회 전임 목사님은 무슨 잘못이 있어 떠나셨는가 했더니, 그의 잘못은 설교 말씀에 은혜가 없고, 영적 능력이 없었으며, 그것에 덧붙여 사모님이 너무 일방적이고 기가 세다는 것이었습니다. 성도들에게 지지 않고 가르치려 하는 사모, 배우고 돈 있는 사람에게 치우치는 사모, 목사님이 사모에게 절절맬 뿐 아니라 사모의 말에 좌지우지된다는 불만으로 몇몇 사람들이 성도를 데리고 나갔다는 것입니다.

이러한 말을 들으니 예전 교회에서 나에 대해 했던 말들이 생각나 그러면 나는 이제 어떻게 해야 할까? 위축이 되었습니다. 그래도 그분은 나보다 나이가 많은, 경험 있는 사모였는데 그런 평가를 받았다면 나는 어떻게 해야 하는 것일까? 사모, 도대체 사모란 무엇일까? 성경 속에 사모의 역할이 있나? 그렇다면 성경 속 사모의 모습처럼 하면 될까? 하는 생각에 잠기면서 빨리 학교에서 연락이 와서 학위를 마치고 한국에 돌아가 교수 생활을 하면 좋겠다는 마음으로 가득 차는 것이었습니다. 이러한 두려움 반, 도망가고 싶은 마음 반이 있는 가운데 한두 달이 지나면서 나갔던 성도들이 서서히 돌아오기 시작했습니다. 젊은 목사가 열심을 다하며, 신선하고 말씀이 좋다는 좋은 소문이 났답니다. 그런데 말이죠, 돌아오는 교우들을 볼 때 저분들이 사모와 목사에게 불만이 있던 사람들이구나 하고 보게 되는 것이었습니다. 또한, 돌아오신 분들은 대부분 기도도 열심히 하시고, 나름 영적인 부분에 대해 관심을 가지고 계시는 것 같았습니다. 목사의 설교가 은혜가 없음을, 영적 감동이 없음을 감지할 정도라 하니 그분들이 말하는 영적 수준이라는 것에 혼돈이 오기도 하였습니다. 그러니 그분들을 대할 때 더 긴장되는 것은 말할 것도 없었습니다.

이곳은 전에 섬겼던 곳과는 두 시간밖에 안 되는 지역인지라 남편이 이전 교회를 어떻게 떠났는지 다 아는 상태인데도 이 교회가 부흥하게 된 것은 이곳에 남아 있는 교우들이 남편에 대해 참으로 좋은 평을 하였기 때문일 것입니다. 생각해 보면 교회 부흥은 교우들이 하기 나름인 것도 한몫하는 게 아닌가 싶습니다. 이런 말이 있지요. 양이 양을 낳지 목자가 양을 낳는 것이 아니라고. 물론 그 목자는 양을 잘 인도하여 푸른 꼴을 먹이고, 물가로 잘 인도해야 하지만요. 제가 경험한 두 번의 목회에서도 목회의 성공은 남편이 잘 해서가 아니라 교우들이 남편을 신뢰하고 잘 따르며, 좋은 목사라 소문을 내준 덕분일 것입니다. 그때 남편의 나이 삼십대 초반이었으니 무슨 경험이 있었으며 잘 하면 뭘 얼마나 잘 했겠습니까?

아무튼, 이렇게 나갔던 교우들은 몇 달도 안 되어 거의 다 돌아오게 되었고 학교에서는 입학허가서가 나왔지만, 영주권 신청을 해 놓은 상태라 당장 떠날 수는 없게 되었습니다.

6장

기도하는
장로

추수감사절이 지난 어느 주일날 미국 교인들이 본당에
서 크리스마스 벨 연주 연습을 하면서 우리 예배 시간임에
도 자리를 비켜주지 않는 것이었습니다. 한 시간을 기다리
다 살며시 들어가 책임자에게 물으니 자신들의 연습이 우
선이니 당신들의 예배는 아무 데나 빈 장소에서 드리면 되
지 않느냐는 식이었습니다. 그래도 한 시간 뒤에는 비워줄
줄 알았는데…. 더 이상 지체할 수 없어 남편은 성도들에게
친교실에서 예배드릴 것을 제안하고 의자를 배열하기 시작
했습니다. 의자를 펴 배열하는 성도들 가운데 눈물을 흘리
는 분들이 보였습니다. 그 눈물의 의미는 이민자의 서러움,

집 없는 자의 애달픈 감정이 솟구쳐 나온 것이었을 테지요. 그러고 보니 몇 주 전부터 이상한 조짐이 있었습니다. 본당에 성조기와 나란히 세워둔 태극기가 없어져 나중에 보니 쓰레기통 옆에 있는가 하면 우리 아이들이 교실을 더럽게 사용했다느니, 교회에서 한국 음식 냄새가 난다느니 하는 불평이 매주 올라오는 거였습니다. 나중에 안 사실이지만 한인 교회를 지원했던 목사님이 장로들의 부당함에 재판을 요구하여 지금 재판 중인 상태라 목사를 내보낸 장로들이 더 예민해진 나머지 우리를 내보내기로 작정을 했다는 것입니다.

그야말로 서러움에 북받친 예배 시간이 되었습니다. 그 모습을 본 남편은 자신도 모르게 "우리가 이곳에서 예배 드리는 건 이 크리스마스 예배가 마지막이 될 것입니다."라고 선포하였습니다. 그 말은 우리도 우리의 성전을 마련할 것이라는 뜻이었습니다. 온 성도들은 그 뜻을 알아듣고 "아멘!"이라 화답하는 것이었습니다.

예배를 마친 후 몇 장로님들은 남편에게 다가와, "목사님, 어쩌자고 그런 확언을 하십니까? 우리가 지금 건축할 처지가 아닙니다."

"그러게요. 제가 예배를 진행하는 순간 하나님께 기도했습니다. 하나님 아버지 제가 이 상황에 어떤 메시지를 전하여야 합니까? 하고 말입니다. 순간 준비한 원고는 눈에 보이지 않고 안에서 끓어오르는 메시지를 전할 수밖에 없었습니다."

그 말을 들은 장로님들께서도 "네, 저희도 사실 그랬을 것입니다." 하십니다.

교회 건축 헌금으로 그 당시 8만 불이 있었습니다. 그 돈으로는 조그마한 가정집이나 겨우 구입할 수 있을까, 건물을 구입하기는 쉽지 않은 금액이었습니다.

젊은 목사의 실수라면 실수를 장로님들은 이렇게 감싸 안았습니다. 목사의 선포가 젊은 혈기에 나온 말이라서 실현되지 않는다면 목회자에 대한 신뢰도 떨어질 텐데⋯. 그리되면 또다시 교회가 어려워지는 것이 아닌가 하는 생각이 들자 E장로님은 기도하기 시작하셨답니다.

얼마의 시간이 지났을 때 E장로님의 전화가 왔습니다. "목사님! 교회로 사용할 수 있는 건물이 나왔습니다. 지금 당장 가보시겠습니까?" 늦은 밤이었지만 우리는 그 건물로 향했습니다. 장애인 학교로 사용했던 건물이 우리를 반겼습니다. 순간 이거다 하고 남편은 생각했답니다. E장로님과 남편 그리고 저 셋은 그곳 주차장에서 손을 잡고 기도

하였습니다. "하나님 감사합니다. 저의 입을 통해 하나님의 역사를 선포하게 하시고 이곳을 우리의 예배 처소로 예비해 주심을 감사합니다."

그날 밤, 내일 우리 집에 다 모여 달라고 제직들에게 전화를 돌렸습니다.

그렇게 장로님들을 포함해 온 제직들이 다 모여 의논하기 시작했습니다. 현재 목사님이 오시고 6개월 동안 나갔던 성도는 얼마나 돌아왔고, 그러므로 헌금액은 어떻게 달라졌으며, 현 잔고는 얼마인지 등을 경제학 전공인 두 분이 통계를 내왔습니다. 결론적으로는, 지금 나온 건물값에 20%를 보증금으로 내야 하는데 우리가 가진 돈으로는 어림없다는 것이었습니다. 참으로 정확한 수학적 근거였습니다. 남편은 "옳은 말씀입니다. 그렇지만 포기하기에 앞서 하나님이 과연 우리에게 허락하신 일인가부터 기도해 보아야 하지 않을까요?" 하고 제안하였습니다. 그대로 포기하기는 아쉽다는 마음이었습니다.

그때 F집사님께서 손을 드시더니, "보이소, 우리 좀 더 생각해 보아야 할 것을 잊은 것 같습니더. 내 한 가지 질문하겠습니더. G장로님! 장로님 집은 얼마짜리입니꺼?"

"○○만 불 정도 됩니다."

"그렇지예, 우리 각자 한 번 생각해 보입시더. 각자 집의 금액, 그리고 그 금액은 몇 사람이 감당하는지예. 모두 혼자 아니면 부부가 감당하지예?"

"그렇죠."

"그런데 여기 계신 분들 모두 몇 사람입니꺼? 이 금액은 여기 두 분 댁 합친 금액입니다. 그런데 우리가 다 같이 하면 못할 게 뭐 있겠습니꺼? 우리가 하려는 마음이 생기지 못했을 뿐이지 돈이 없는 것은 아니라 봅니더."

이렇게 F집사님을 통해 온 재직들의 마음에 성령님께서 역사하셨습니다.

3막

당나귀를 메고 가는 여자

1장

이빨 빠진
목사

    남아 있던 교우들과 돌아온 성도들 간에 서로 보이지 않는 신경전이 있는 것이 보였습니다. 남아 있던 성도들은 말하지 않은 가운데 우리는 목사를 쫓아내는 데 앞장서지 않았고, 교회를 지켰다, 그렇기에 우리의 행동이 옳았다는 승리자의 무언의 메시지를 보내면서 돌아온 성도들에게 새로 온 교우에 준하는 교회 회칙을 적용했습니다. 한편 돌아온 성도들은 우리가 쿠데타를 일으켰기에 교회가 갱신된 것이 아닌가? 그렇기에 우리가 틀렸다 생각하지 않는데, 왜 우리를 신입으로 대하는 것이냐는 불만이 있었습니다. 그래서 친교 시간에도 교회 계셨던 분들끼리, 나갔다 돌아온 분들끼리만 모이는 상황이었습니다. 심방을 하게 되면 서로 자신들의 입장에 비추어 상대방의 신앙에 대해 판단하거나 비판했습니다.

또다시 예전 교회처럼 두 개의 파벌로 나뉜 모습이 보이는 것이었습니다. 이러한 상태의 화합은 목사가 누구의 말에 더 무게감을 두어서는 안 되기에 그저 들어주는 형태만 취하고는, 서로의 화합은 오로지 성령님의 인도하심으로만 될 수 있다는 것, 말씀을 공부하고 묵상하는 가운데 성령님이 역사하신다는 생각으로 성경 공부반을 열었습니다. 그와 동시에 교회 건축이라는 공통분모가 생기니 서로 간에 있었던 어색함이 사라지고 하나가 되기 시작했습니다. 온 교우들은 각자 자신의 전문성이나 달란트들을 가지고 일을 분담하기 시작했습니다. 부동산 중개업을 하시는 집사님은 판매자와 가격 조정을, 재정부장님은 융자 관계를, 건축에 관심과 소질을 가지고 계신 장로님은 리모델링을 어떻게 할 것인가를, 임대를 많이 놓고 집에 관해 잘 아시는 장로님은 건축업자를 만나 청사진을 만들고, 우리의 형편을 설명해 우리가 할 수 있는 일들을 재하청 받아 성도들이 직장 일을 마치고 와서 봉사하는 것이었습니다.

공사장 한 곳을 먼저 부엌으로 개조해 몇몇 집사님들은

저와 함께 일하는 분들을 위한 식사를 준비했습니다. 매일 국을 끓이고, 반찬을 만들고, 며칠에 한 번씩 김치를 버무리고도 틈이 나면 뜯어낸 나무들에서 못을 제거하는 등 잡일을 도왔습니다. 성전 건축, 그토록 다윗이 하고 싶었으나 허락지 아니하고 솔로몬에게 허락하신 귀한 일…. 그래서 그랬는지 몸은 힘이 들어 지칠 때가 한두 번이 아니었지만 나의 심령은 마냥 기쁘게 일을 했습니다. 그러는 한편으로는 이 일이 얼마나 떨리는 일인지 알기에 남편과 저는 기도하는 일도 쉬지 않았습니다. 기도하는 남편의 모습은 마치 전쟁터에 나가 작전을 짜는 장병처럼 보였습니다. 그렇습니다. 그 모습이야말로 하늘나라 군인이라 할 것입니다.

그렇게 학교 건물은 차츰 교회 예배당의 모습을 갖추게 되었습니다. 교회에 필요한 물품 목록을 만들어 자원자 명단을 만들어 벽에 붙여 놓았습니다. 필요한 물품 항목 옆에 각자 가능한 양을 적되 이름은 쓰지 않고 무명으로 작성하게 했는데, 하나도 남김없이 다 자원하여 필요한 것이 채워져나갔습니다. 하나하나 하나님의 진두지휘하심을 고백하지 않을 수 없는 과정이었습니다. 그렇게 시간이 지남에 따라 모든 일이 마무리되어 입당 예배를 드리게 되었습니다. 그때의 모습이란, 이스라엘 민족이 가나안 땅에 들어갈 때의 기쁨과 감격이 이런 마음 아니었겠나 싶습니다. 어떤 교우는 우리가 세 들었던 미국 교회에서부터 깃발을 들고 걸어서 우리 교회까지 행진해 오는 것은 어떠냐 하고 제안할 정도였으니 말입니다. 우리는 노회 회원들과 우리 교회를 잉태해준 베렛 목사님도 초대해 성황리에 입당 예배를 드렸습니다.

어느 날 아침 양치를 하던 남편이 손에 무언가를 들고나오면서 의아한 표정으로 이게 무엇인 것 같냐며 내게 내밀었습니다. 그의 손바닥에 있는 하얀 돌 같은 것은 그의 치아였습니다.

"어머나 이거 치아 아니에요?"

"그러게, 분명 치아지?"

"아~ 해보세요." 하고 그의 입안을 들여다보니 어금니가 빠져 있는 것이었습니다.

놀란 저는,

"아니, 이가 빠지는데 아프지도 않았어요?"

"아니, 몰랐어. 피도 나지 않잖아."

어처구니가 없었습니다. 그렇게 그의 이는 무너져 5개나 그의 몸에서 이탈하였습니다.

2장

나의
케렌시아는?

교회 예배당 건축은 잘 마무리되어 모든 집기며 방송실까지 잘 정돈되어 갔으며, 교육관과 성가대실도 다 제 모습을 갖춰갔습니다. 그 모든 것에 감사하며 부흥성회도 열었습니다. 남편의 나이 33살에 자체 성전을 건축하게 되었다는 것은 다 하나님의 은혜인 것이 분명한데, 그 은혜라 함은 마음 깊은 곳에서부터 솟아나오는 고백이어야 할 텐데, 부끄럽게도 그런 고백이 나오지 않았습니다. 애써 이성적 판단을 찾아, '그렇지, 이 모든 것을 은혜라 하지 않으면 안 되는 것이지.' 하는 의무적 은혜의 표현이 되는 것이었습니다. 25살부터 붙은 담임목사 부인 사모라는 명칭, 그 명칭에 맞춰 붙여지는 장신구들은 날이 갈수록 하나씩 더 늘어만 갔습니다. 조선시대 여인들의 머리치장에 꽂는 액세서리는 예쁘기라도 하고, 신분 상승의 표시라고도 하지요. 하지만 사모에게 붙는 것은 자신이 선택할 수도 없는 것이고, 예쁘게 보이지도 않으며, 자신의 신분을 드러내는 것도 아닌 장신구들인 것입니다. 그저 나는 있는 듯 없는 듯 가만히 있으면 자신들이 가져다 꽂아대는 그런 것입니다. 거기에는 나의 선택권이나 나의 인권은 들어설 자리가 없었습니다. 나는 내가 아닌 것이었습니다.

그러한 가운데 집에서조차 남편은 점점 사라지고 오로지 목사님만 있는 것처럼 느껴졌습니다. 남편이 없이 하늘나라 군인만 있는 나의 집은 집이라 표현할 수 없을 것 같았습니다.

하루는 남편에게 불만의 표현으로 "여보! 집에서는 그 목사의 갑옷 좀 벗으면 안 되겠어요?" 하고 말을 꺼냈습니다. 그랬더니 그는 "내가 입은 게 갑옷처럼 보이오? 그런데 어쩌지? 이 갑옷이 나와 한몸이 되어 무게조차 느껴지지 않으니." 그런 그의 말에 더 이상 할 말을 잃고 말았습니다. 그러면서 그는 목회와 공부에 온 심혈을 기울였습니다. 한편 이성적으로 생각해 보면 그럴 수밖에 없다고 이해가 됩니다. 하지만 그럴수록 저는 더 평안을 잃어버리게 되는 것이었습니다.

새벽 예배를 드리고 교회에 가 사무를 보고 함께 심방을 가고 그가 사무실에서 말씀을 대하며 여러 가지 준비를 하면서 나에게 말씀을 더 많이 읽고, 기도할 것을 권할수록, 그리고 저녁에 가정 예배를 드릴수록 나는 더 따라갈 수 없어 벅차 하는 나를 발견하고는 했습니다. 이런 나의 심정이 조금이라도 드러나면, 믿음이 없다면서 믿음 갖기를 독촉받기도 하고, 사모가 그러면 되겠냐, 사모는 기도의 어머니인데, 하는 질책이 떨어지는 것이었습니다. 이러한 나의 모습은 마치 이제 막 하나둘셋 숫자를 배웠는데 나누기 곱하기를 요구하는 것이나 진배없었습니다. 그런 나에게 이 길은 너무나 먼 길, 아니 도무지 현재로는 갈 수 없는 길처럼 여겨졌습니다. 나의 이런 고민을 털어놓을 사람조차 없었습니다. 교회 권사님들 앞에서 남편을 목사로 대하지 않고 남편으로 대하는 모습이 보이면 당장 목사님께 그러한 행동을 한다고 야단을 맞았습니다. 어느 권사님은 저에게 남편은 없고 오로지 목사님만 있다 생각하고 살라고 하셨으니 말입니다.

사모는 목사 보필을 위한 몸종이었고, 교회 식모였습니

다. '그런데 무슨 기도의 어머니라는 표현을 하는지 어처구니가 없네.' 하는 생각이 들고, 성도의 숫자만큼 제각기 다른 틀 속에 나를 욱여넣으려는 것 같다는 생각도 들었습니다. 그러나 그런 내색조차 하지 못하고 그저 나로 인한 말들을 만들지 않으려 노력할 뿐이었습니다. 그러던 어느 날이었습니다. 토요일 새벽 기도회를 마치고 여느 때처럼 교회 청소를 하고, 집사님과 주일 식사 준비를 하고 있었습니다. 김치를 버무리고, 국거리 채소를 씻고 있는데 그분의 따님이 부엌에 와서는 "엄마! 내가 뭐 도울 것 없어?" 합니다. 사실 그날따라 저는 몸이 아파 힘이 드는 가운데도 화장실 청소, 본당 청소를 다 하고 부엌일을 하는 와중이었습니다. 그 집사님도 나의 상태를 눈치챘을 텐데 당신 딸에게는, "네가 뭘 한다고. 할 것 없어, 어서 집에 가려무나." 하는 것이었습니다. 사실 그 따님과 나는 동갑내기였습니다. '나도 엄마가 있는데….' 고아의 심정이 이런 것이겠구나 하는 생각이 들면서 눈물이 핑 돌았습니다.

그러한 자신을 또 달래보려 말씀을 읽고 위로 받기를 원했지만, 어느 한 구절 위로가 되지 않고 나의 몸과 영혼이 피폐해지는 것을 느꼈습니다. 기도하면서 나의 이러한 모습을 용서하시고, 나에게 성령 충만케 하셔 내가 시험에 들게 하지 말아 달라 애원의 기도도 하였습니다. 어떤 때는 예수님께서 골고다 언덕에 올라갈 때 드렸던 기도, '할 수 있다면 이 잔을 나에게서 없애주소서.' 하는 기도도 드렸습니다. 그래도 쓴 잔은 더욱 양이 많아지는 것 같았습니다.

그렇게 아파하던 어느 날 블라우스를 꺼내려 옷장을 열었는데 옷걸이에 걸려 있지 않고 밑 구석에 떨어져 있었습니다. 허리를 굽혀 옷 사이로 들어가 꺼내려 하니 순간 포근한 것이 마치 나를 따뜻이 감싸 안아 주는 것 같은 겁니다. 순간 나는 옷장 속에 빨려 들어갔습니다. 그리고 옷장문을 닫아버렸습니다. 너무나 포근해 잠이 들었습니다. 얼마 만에 갖는 단잠이었는지 그 상쾌함은 이루 말할 수가 없었습니다. 그랬습니다. 기도하면서 예수님의 위로를 기대했는데 그 당시는 그분의 위로가 다가오지 않았던 것 같습니다. 오로지 그 옷장이 나의 케렌시아가 되어 주었던 것입니다. 그 후로 나는 그곳에 들어가 웅크리고 있는 습관이 생겼습니다.

〈새는 날아가면서 뒤를 돌아보지 않는다〉라는 류시화 시인의 글이 있습니다. 그 글에 케렌시아에 관한 내용이 나옵니다.

"투우장 한쪽에는 소가 안전하다고 느끼는 보이지 않는

구역이 있다. 투우사와 싸우다가 지친 소는 자신이 정한 그 장소로 가서 숨을 고르며 힘을 모은다. 기운을 되찾아 계속 싸우기 위해서다. 그곳에 있으면 소는 더 이상 두렵지 않다. 소만 아는 그 자리를 스페인어로 케렌시아(Querencia)라고 부른다. 피난처, 안식처라는 뜻이다. 케렌시아는 회복의 장소이다. 세상의 위험으로부터 자신이 안전하다고 느끼는 곳, 힘들고 지쳤을 때 기운을 얻는 곳, 본연의 자기 자신에 가장 가까워지는 곳이다. 산양이나 순록이 두려움 없이 풀을 뜯는 비밀의 장소, 독수리가 마음 놓고 둥지를 트는 거처, 곤충이 비를 피하는 나뭇잎 뒤면, 땅 두더지가 숨는 굴이 모두 그곳이다. 안전하고 평화로운 나만의 작은 영역…"

세월이 지나 나의 나됨의 근거를 안 저는 영원한 케렌시아를 찾았습니다. 영원한, 가장 진실한 케렌시아, 나의 예수님을 말입니다. 하지만 그때는 안전하고 평화로운 나만의 작은 영역이 옷장 속이었으니, 그 당시 나의 믿음 상태를 여실히 보여주는 것이겠지요.

나는 몇 년 사이에 교회공동체에 대한 회의감에 사로잡혀 갔습니다. 성도로 생활한 그간의 시간은 교회공동체를 겉으로만 본 것이며, 추상적인 신앙생활이었던가? 목사는? 성도란? 목회는 무엇이며, 교회는 무엇인가? 교인은 무엇이고, 성도는 무엇인가? 진정 교회의 참모습은 무엇인가? 그렇습니다. 저는 그러한 질문에 나름 정의도 하지 않고 막연히 어떤 물고에 밀려 여기까지 떠밀려왔던 것 같습니다. 이러한 의구심에 답을 찾지 못하는 동시에 마음속 깊은 곳에서는 미움까지 생기기 시작하는 것입니다. 저를 두고 뭐라고 말하는 사람들이나, 사모는 이래야 해 저래야 해, 하는 모든 사람이 싫었습니다. 어느 순간은 저들이 예수의 피로 인해 구원을 받고서도 또 다른 사람의 피까지 요구하는 흡혈귀처럼 느껴지기도 했습니다. 도망가고 싶었습니다. 그러나 그 방법을 모를뿐더러 방법을 알았다 해도 용기도 없는 저였습니다. 한편으로는 저의 믿음 없음과 내적으로 강하지 못한 저를 탓하기도 하였습니다. 그래서 더욱더 큰 믿음을 달라 했지만 이러한 혼돈 상태에서는 그 믿음이라는 것이 뭔지조차 모르겠는 상황까지 온 듯했습니다. 그럼에도 불구하고 예배 시간이나 교회 모임에는 빠지지 않고 참여하였기에 교우들이 보기에는 전혀 그렇게 보이지 않았을 것입니다.

교회 행사가 끝나고 돌아온 수요일 예배 시간이었습니다. 그날따라 유난히 예배에 참여한 교우들이 적었습니다. 그렇게 나는 외적 숫자에 관심을 두고 사람이 들고나는 일에만 예민해지는 상황이었습니다. 그 숫자를 보는 순간 정성스러운 예배는 등한시하고 이전 목사님이 이곳을 떠나게된 사연이 생각나면서 지난번 있었던 사건과 겹쳐지기 시작했습니다. 그 모든 사건을 엮어 나의 목줄을 만들어 매고있었던 것입니다. 예배 시간 내내 나는 속으로 이런 말들을되뇌고 있었습니다.

"전의 목사님이 나가게 될 때 저들은 우선 예배 참석을안 했다지, 지금이 혹 그런 현상은 아닌가? 사모님이 다리가 불편하여 교회 일을 잘 하지 못하는 것을 놓고는 사모의사명이 없는 분이라고 매도했다고 했지? 이 나약한 나를 두고는 얼마나 많은 말들을 만들어내고 있을까? 내가 교우라표현하면 남편은 성도들이라 표현을 바꾸라 했지. 과연 저들의 모습이 거룩한 백성으로서의 삶을 사는 태도인가? 성도의 모임이 교회인데 내가 보고 만나는 사람들은 왜 이토록 험악한 것인가? 한국에서의 성도와 미국에서의 성도는다른 것인가? 무섭다. 저 공동체가 무섭다. 자기 이익이나자신의 생각을 관철하기 위해서는 수단과 방법을 가리지않는 대다수에 둘러싸여 홀로 있는 나 자신이 아닌가? 변명다운 변명조차 할 수 없는 나."

그렇게 혼자 중얼거리는 가운데 나의 몸에서 기가 점

차 빠져나가는 것이 느껴졌습니다. 축도 시간이 되어 서 있어야 하는데 서 있을 수조차 없을 정도로 무겁디무거운 나의 육신을 겨우 추슬러 달랬습니다. "지금 이곳에서 넘어지면 안 돼. 무슨 일이 있어도 차까지 걸어가자." 하고는 안간힘을 다해 뒷문으로 나와 차 문을 열었습니다. 뒷좌석 문을 열어 내 몸을 내동댕이치듯 의자에 꼬꾸라져 버렸습니다.

예배가 다 끝나고 문단속을 마친 남편은 내가 차에 있음을 보고는 "언제 와 있었어? 찾아다녔잖아." 하는 소리는 들리는데 그 말에 응답할 수가 없었습니다. "많이 피곤했나 보지? 집에 다 왔어, 내립시다. 들어가 쉬도록 하시오." 하는 그의 말에 "네, 알겠어요. 푹 쉬고 싶어요." 하며 내리고 싶었는데 몸이 말을 듣지 않는 것이었습니다. 내 몸인데 내 말을 듣지 않을 수도 있구나. 그의 말은 들리는데 팔도 들 수 없고, 다리도 들 수 없는 겁니다. 가장 가벼운 입조차 움직이지 못하는 상태가 되었습니다. 놀란 남편은 나의 상태가 심상치 않다는 판단이 들었는지 나를 안아 집안으로 들어가서는 전화로 구급대를 불렀습니다. "나는 괜찮으니 이대로 푹 자게 내버려 두세요."라고 말하고 싶었지만 입이 열리지 않아 그것조차 할 수 없으니, 그 상황이 또 서러워 눈에서는 눈물만 나왔습니다. 눈도 뜨이지 않아 그의 모습도 볼 수가 없었습니다. 어느새 구급대원들이 와 나의 눈을 까보고, 팔에는 바늘을 찔러 넣으며 나를 들것에 실어날랐습니다. 그래 내가 말 못 한다고, 움직이지 못한다고 당신들 마음대로 하는데 그렇게 하라! 마음대로, 당신들 마음대로….

병원에 옮겨져 병실로 들어갔는지 여러 사람의 음성이 들렸습니다. "너의 이름이 뭐지?", "……", "이봐, 나는 너의 이름을 알아. 크리스탈이지? 크리스탈, 눈 떠 봐. 너는 눈을 뜰 수 있어." 그러나 나는 "왜? 나의 상황을 안다면 내가 푹 잠잘 수 있게 내버려 둬." 하고 속으로 되뇔 뿐이었습니다. 누가 나의 뺨을 때리면서 또다시 같은 말을 되풀이했지만 나는 말할 수 없는 눈물로 응답할 따름이었습니다. 순간 나의 얼굴에 뭐를 가져다 대는가 싶더니 숨과 함께 강한 냄새를 맡게 되자 눈이 반짝 뜨였습니다. 나의 시선을 놓치지 않겠다는 듯 백인 세 명이 얼굴을 들이댔습니다. 영어에는 워낙 담을 쌓고 살았던 나였지만 그들의 말을 대충 알아들을 수 있었습니다. "크리스탈, 우리는 너를 잘 알아. 네가 목사 부인이라는 것도. 누가 너를 학대했니? 네 남편이니? 너의 교우들이니? 너는 말할 수 있어. 그리고 우리는 너를 괴롭히는 사람이 누구인지에 따라 그들을 너에게서 멀리 떨어뜨릴 수도 있어."라는 얘기였습니다. 나는 있는 힘을 다해 입을 열었습니다. "쉬고 싶어요. 나를 집에 가서 쉬게 해주세요. 깊은 잠을 자고 싶어요."

얼마의 시간이 흘렀는지 두 분의 장로님과 집사님이 오셨습니다. 집사님이 차디찬 나의 맨발에 덧신을 신겨 주셨습니다. 그 감촉이 얼마나 따듯하던지 오랜만에 느끼는 인간미 넘치는 관심이었습니다. 병원에서 주는 약을 먹고 깊은 잠을 잔 것 같습니다. 눈을 뜬 나를 본 남편은 식사를 해야 하지 않냐면서 죽을 가지고 왔습니다. 그 죽 한 숟가락을 입에 넣어주는데 또다시 눈물이 마구 흘렀습니다. 남편은 "이제 그만 울어요. 자꾸 울면 기운 빠지오."라는데 눈물뿐 아니라 입이 올바로 오므라지지 않아 죽도 흘러내리는 것이었습니다.

이후 이틀 동안 남편은 나를 부축하며 자꾸 걸어보게 했습니다. 어떻게든 다리를 움직여 걸어 보려 하면서도 서러움에 눈물은 하염없이 또 흘렀습니다. 몇 사람들이 오셨습니다. 나름 민망해 억지로 웃기도 하며 그분들을 맞이하니 한 분은 "사모님! 관심 받고 싶어 꾀병 부린 거네."라고 하십니다. '그런가? 그렇게 보면 그럴 수도 있겠지.'라고 생각이 들면서도 그 말이 나에게 또 다른 비수가 되어 꽂혔습니다.

토요일이 되자, 주보를 만들어야 하는데 주보 타자 칠 사람이 없다는 겁니다. 기가 막혔습니다. 우리가 오기 전에 장로님 딸이 타자를 쳐 주보를 만들었고, 또 한 장로님 부인은 비서과를 나와 타자 정도는 잘 치는 줄 아는데, 타자 칠 사람이 없다는 것입니다. 한 분은 우리 타자기가 달라 칠 수 없다고 하십니다. 그 말을 전해 받은 나는 또 다른 화살을 맞는 기분이 들었습니다. 또 서러움에 눈물이 마구 쏟아집니다. 세상에 이럴 수가 있을까? 저들이 보기에 내가 꾀병이라 쳐도 오죽하면 이럴까, 한 번은 도와줄 수 있을 법도 한데 이토록 매정하다니. 이런 나의 마음을 읽은 듯 남편은 나를 달래듯, "여보! 그 사람들이 진짜 바쁜가 보오. 이왕 이리 됐으니 좋게 생각하고 나랑 함께 만들어 봅시다. 당신은 할 수 있소. 여태까지 잘 해왔잖소." 하고는 타자기를 내 앞에 가져다 놓았습니다. 그 당시는 전동 타자기도 아니라 손에 힘을 가해야 글자가 나오는 먹 테이프 타자기였습니다. 남편이 주보 용지를 가져다 놓고 순서를 쳐야 하는 곳에 글자판이 닿도록 하면 저는 손가락을 좌판에 움직여 놓고 그러면 내 손가락에 남편의 손가락을 얹어 힘을 가해 글자를 찍어 어찌어찌 주보를 만들었습니다.

주일 예배를 마치고 돌아온 남편은 침대에 누워 있는 나의 머리에 자신의 팔을 집어넣어 팔베개를 해주면서 나의 머리를 자신의 가슴으로 감싸 주었습니다. "여보! 오늘 갑자기 생각나는 것이 있었소. 당신이 나에게 집에 오면 '그 목사 갑옷 좀 벗으라'라는 말에 '내가 목사 갑옷을 입고 있는 것처럼 보이오. 그런데 왜 나는 갑옷을 입은 것처럼 느껴지지 않지? 그렇기에 나는 벗을 옷이 없다'라고, 오히려 당신에게 '혹 당신이 사모로서 성도로서 무장해야 할 갑옷이 있다면 입어야 하지 않겠소' 했던 일이 있었지요. 훈련이 되지 않은 사람에게 갑옷부터 입을 것을 강요했던 셈이었소. 그렇게 갑옷을 벗으라 하는 말은 당신이 힘들다는 표현이었고, 집에서 목사가 아닌 남편이 필요하다는 말인데, 그간 얼마나 힘이 들었소. 내가 당신에게 너무나 잘못을 한 것 같소. 당신이 이토록 죽어가고 있었는데 내가 목회한다고 당신과 함께 하지 못한 잘못…. 내 이제 깨달은 것은 당신이 죽어가고 있는데 목회를 한다는 것은 다 거짓 목회였다는 것이오. 내가 사랑하는 당신을 죽이면서 다른 영혼을 살리는 목회를 한다는 것, 이런 위선이 어디 있소. 해서 내 이제 목회를 그만두려 하오. E장로님께 내 이런 표현을 하였소." 하는 것입니다.

나는 순간 침대에서 벌떡 일어나 앉아 "아니, 그러면 어떻게 해요? 왜 나를 또 나쁜 여자로 만들어요. 당신이 그러면 나는 주홍글씨 낙인을 가지고 살게 되는 것을 모르세요? 믿음이 없는 사모, 나약한 사모, 얼굴에 싫은 표정조차 숨기지 못하는 사모, 이래라저래라 하는 요구들이 많을 수밖에 없는 준비되지 못한 사모. 그렇지 않아도 무수한 말들로 나의 가슴에 주홍글씨들을 새겨 넣었는데, 그것도 모자라 당신 부모님들에게까지 각종 말들이 쏟아질 텐데, 내 어떻게 그런 원망들을 듣고 살아요? 게다가 목사 안수를 받은 목사인 당신이 목회를 그만두면 하나님의 징벌은 어찌하고요?"

"그러니 말이요. 당신이 성도들에게서 무수히 많은 요구와 말들을 감당했다는 것이 안쓰럽고, 마음이 아프오. 그리고 부모님의 원망은 염려 마오. 이제 우리는 우리의 삶을 사는 성인들이오. 헌데 부모님께서 얼마나 무슨 말씀을 하겠소. 또한, 하나님이 내가 목회를 하지 않는다고 징벌하신다 했소? 내가 당신에게 분명히 말할 수 있는 것은 하나님은 그런 쩨쩨한 하나님이 아니라는 사실이요. 만일 나의 하나님이 그런 쩨쩨한 분이라면 나는 결코 이 길에 서지 않았을 것이요. 나의 하나님은 나를 위해 하늘 보좌까지 버리고 천하디천한 마구간에 태어나 아들의 모습으로 오신 그분

예수 그리스도요. 신분의 귀천, 자신의 위엄, 자신이 신입네 하지 않으신 진정한 자유자이신 분, 그런 분에게 반하고 미쳐 그분과 함께 가기로 했고, 이런 나를 그분이 잡아 주심에 감사해 그간 감당할 수 있었던 것이요. 만일 내가 목회자로 가지 않으면 벌 주시는 그런 분이었다면 나는 나의 생애를 바치겠다는 결단의 안수를 받지 않았을 것이요. 나는 먹고 살기 위해, 또 하나의 직업으로 이 길에 선 것이 아니지 않소. 당신도 알다시피 나는 교사 자격증도 있고, 이곳에서 공부를 마치면 가장으로 못할 것이 뭐가 있겠는가 말이요. 그럼에도 취직을 못 하면 조그만 구멍가게라도 못 하겠소? 그러니 아무 염려 마시오. 하나님은 당신을 사랑하오. 그러기에 당신이 기쁘게 살아가기를 바라시고 그 일에 나를 당신의 반쪽으로 허락하신 것이요. 내가 당신을 사랑하는 것보다 더 당신을 사랑한다는 말이오."

"정말이요? 당신 목회 안 해도 된다고요?"

그의 얘기 중에 목회를 하지 않아도 벌 주지 않으실 거라는 말이 확성기를 통해 듣는 것처럼 크게 들려왔습니다. 순간 둑이 무너지듯 나의 눈에서 눈물이 펑펑 쏟아짐과 동시에 나의 가슴을 짓누르고 있던 큰 바윗덩어리가 산사태라도 난 듯 굴러가는 것이었습니다.

다음 날 장로님이 방문하셨습니다. "목사님! 사표를 내는 건 그리 급한 일이 아니니 두 주간 휴가를 보내고 오시지요. 그간 사모님이 유산하고 쉬지도 못한 상태로 이곳에 오셔서 바로 많은 일을 감당하다 보니 그리 된 것 같으니 그곳에서 쉬시면 사모님 상태가 호전되리라 봅니다. 내가 장로님들과 의논하였습니다." 하시고는 레이크 타호 근교의 호텔 예약권을 주셨습니다.

3장

내가
나를 보다

산 정상에 바다처럼 펼쳐져 있는 호수, 레이크 타호. 그 이름의 유래에는 여러 가지 설화가 있습니다. 그중 가장 제 마음에 와 닿은 설화는 미국 개척 당시에 관한 이야기입니다. 당시 중국인들이 건설 노동자로 들어와 샌프란시스코 금문교를 세웠습니다. 공사 중 수많은 사람이 바다로 떨어져 죽어갔으며, 그 험한 공사를 잘 마치고 살아남은 사람들이 이어서 기차 철로를 놓기 시작하였는데 그 길은 높은 시에라 산맥을 깎아서 놓는 극한의 험한 일이었습니다. 그들의 일은 노예와 진배없는 것이었는데 산 정상에 다다랐을 때 눈 앞에 펼쳐진 끝이 보이지 않는 호수를 발견하자 함성을 지르며 따이오 따이오 했답니다. 따이오는 중국어로 '크다'라는 말과 '호수'라는 말을 합친 말이라고 합니다. 그 말을 따와서 레이크 타호라 불렸다는 말이 있고, 그곳에 살던 인디언들의 표현이라는 말도 있습니다.

우리는 호텔에 짐을 풀고 호숫가를 걸었습니다. 호수가 어찌나 맑은지 물고기들이 떼를 지어 노니는 것이 그대로 보였습니다. 이 호수를 다녀갔던 적은 그전에도 많았습니다. 분명 그때도 물고기들을 보았을 겁니다. 그런데 그때는 눈으로만 보았고, 지금은 눈과 가슴, 호흡으로까지 보는 것 같습니다. 그 순간 나의 상태는 후텁지근하다 못해 끈끈한 여름철에 갑자기 소나기가 쏟아져 몽땅 씻어내려 주는 그런 개운한 느낌이 들었습니다. 육신의 부자유함은 아직 남아 있었지만 말이죠. 그제야 알게 됐습니다. 미국에 와서 지난 4년여 동안 한국에서는 겪지 못한 충격적인 일이 너무 많이 일어나다 보니 그 모든 것을 소화해내지 못한 상태였다는 것을요.

하나님은 천지를 창조하시고 제7일에는 쉬셨다 하셨습니다. 전능하신 하나님께서 뭐가 피곤하여 쉬셨겠습니까? 누구보다 우리 인간들의 형편과 처지를 아시기에 그분은 그 쉼을 우리에게도 주고 싶었던 것이겠지요.

지난날 쌓였던 먼지가 다 씻겨 나간 것 같이 나의 눈에는 모든 것이 다 새롭게 보이고, 더 가까이 다가가 관찰하게 되었습니다. 아침이 상쾌하다는 말로 밖에 표현할 수 없는 것이 아쉬울 정도입니다. 간단한 아침식사를 하고 시편을 묵상하며 그 시편 저자의 고백을 나의 고백처럼 되뇌었습니다.

그러던 중 바닥을 기어가는 한 동물을 만났습니다. 거북이었습니다. 엉금엉금 기어가는 모습이 신기했던 어린아이가 쪼그려 앉아 막대기를 거북이 머리에 갖다 대니 거북이는 머리를 자기 몸 깍지에 집어넣고는 잠시 걸음을 멈추는 것이었습니다. 그 모습이 저에게 크게 와 닿았습니다. 어쩌면 저 모습이 나의 모습이어야 하지 않을까? 사모의 역할을 찾기 위해 성경을 읽었고 역할이 비슷한 것 같으면 이게 성경적 사모 역할인가 하곤 하더니 이제는 동물의 모습을 보고도 내가 해야 할 태도와 연관 지어 보게 됩니다.

그러면서 한편으로는 얼마 전 남편이 말한 하나님, 그리고 그를 사로잡은 그분 예수 그리스도에 대해 생각해 보았습니다. 나는 과연 그와 같은 고백을 할 수 있을까 하고요. 아니, 고백할 수 있게 그분을 만나야겠다고요. 그렇지 않으면 이 길을 갈 수 없을 수도 있겠다는 생각이 들면서 말입니다.

　2주간의 시간 동안 두 분의 장로님 가정에서 맛있는 음식을 골고루 해서 보내 주셔서 마치 산후 조리하듯 지내면서 나름 몸과 마음을 정리하는 계기가 되었습니다.

레이크 타호

너의 이름이 붙여지기 전

너는 이미 그곳에 있었다

그럼에도 너를 처음 본 자는

너의 이름을 레이크 타호라 이름한다.

캄캄한 절망 가운데

드러낸 너의 모습은

메말라 타들어 가는 그 누구에게

커다란 샘물이 되어 나타났기에

와! 따이호 레이크

큰 희망의 호수

네가 크지 않았다 해도

그들 앞에 나타난 너는

큰 호수라 불렸을 것이다

높디높은 산봉우리에서

만난 너의 모습은

죽음 직전에 나타난

시원한 희망의 물결이었기에…

4장

당나귀를
메고 가는 여자

이솝우화에 이런 내용이 있습니다. 아버지와 아들이 당나귀를 팔러 장에 가고 있었습니다. 아버지는 고삐를 잡고, 아들은 그 뒤를 졸졸 따라갔지요. 그 모습을 보고 장사꾼들이 수군댑니다. "저기 어리석은 사람 좀 보게. 당나귀를 타지 않고 힘들게 끌고 가고 있잖은가?" 아버지는 이 말을 듣자 갑자기 부끄러워졌습니다. '그래 저 장사꾼들 얘기가 맞아. 당나귀는 원래 짐을 싣거나 사람을 태우는 동물인데….' 아버지는 당나귀 등에 아들을 태웠습니다. 얼마쯤 가다 보니 정자에 앉아 쉬던 노인들이 한 수 거듭니다. "아비는 힘들게 걷고 있는데 아들이란 놈은 편안하게 당나귀를 타고 가다니!” 아버지는 생각했습니다. ‘내가 아들놈 버릇을 망치고 있군. 어르신들 말씀이 옳아.’ 아버지는 아들에게 내리라 하고, 자기가 당나귀 등에 올라탔습니다. 얼마쯤 가다 보니 빨래터에 아낙네들이 모여 있었습니다. “쯧쯧! 가엽기도 해라, 조그만 아이가 뙤약볕을 맞으며 터벅터벅 걸어가고 있네, 못된 아비 같으니라고.” 그 말을 들은 아버지는 ‘그렇군, 아낙네들이 옳은 것 같아. 아들이 얼마나 다리가 아프겠어.’ 아버지는 아들도 당나귀에 태웠습니다. 얼마쯤 가다 동네 아가씨들이 모여 있는 곳을 지나게 되었습니다. “어머머! 조그만 당나귀에 두 사람이나 타고 있어. 가엾어라. 당나귀가 힘이 들어 헉헉거리는 거 봐.” 아버지가 당나귀를 눈여겨보니 그런 것도 같았습니다. ‘그래, 아가씨들말이 옳은 것 같아. 당나귀가 장에 닿기도 전에 힘에 부쳐 죽어 버리면 큰일이야.’ 그렇게 고민하던 차 생각난 것이 당나귀를 둘이서 짊어지고 가는 게 좋겠다는 결론에 이르러 결국 아버지와 아들은 끙차끙차 당나귀를 짊어지고 가다가 시냇물이 흐르는 징검다리에 이르렀습니다. 이러한 그들의 모습을 본 사람들이 그들을 놀리며 깔깔대는 바람에 놀란 당나귀가 바둥거려 그만 당나귀를 물속에 빠뜨려 놓치고 말았다는 내용입니다.

그렇습니다. 그 아버지의 모습이 나의 모습이었던 것입니다. 남편의 사역을 따라 하나님의 일을 한다고 하면서 하나님의 음성에 귀 기울이기보다는 사람들의 말에, 그들의 눈치를 살피면서 내가 누구인지 무엇 때문에 이 길에 있는 것인지 잊어버리고 있었던 것입니다. 이때만 해도 저는 예수님을 믿은 것이 아닌, 그를 만난 것이 아닌, 머리로만 예수를 말하고 있었던 것입니다. 그렇기에 남편의 사역을 돕는 자로만 남아 있었던 거지요.

스스로를 재정비할 필요가 있었습니다. 믿음이 무엇인지, 나의 믿음은 무엇인지, 남편이 그의 인격에 반하고, 그의 삶에 미쳐 자신을 전부 드릴 수밖에 없다는 그분. 그래서 그를 따르기에 바보가 되는 것조차 대수롭지 않을 수 있는 '예수' 그분. 그분을 만나지 않으면 남편을 아무리 사랑해도 결코 함께 갈 수 없는 길이라는 것을….

믿음이 약한 사모? 그 믿음은 무엇인가? 나는 무엇을 믿음이라 생각하는가? 성경책에 사모에 대해 나와 있는가? 성경 말씀을 열심히 대했습니다. 사모 세미나도 찾아다녔습니다. 연륜이 있으신 사모님들을 만나 그분들이 어떻게 그 길을 걸어오셨는지 묻기도 하였습니다. "사모님, 어떻게 그렇게 연만하실 때까지 그 길을 걸어오셨어요? 어떻게 견

디셨어요?" 하고 말이죠. 각종 영적 세미나도 참석했습니다. 나의 상처를 치유하기 위해 치유 집회도 참석하였습니다. 이름만 나열하면 다 알 수 있는 유명하다는 곳은 거의 참석했던 것 같습니다. 미국에서 열리는 집회 뿐 아니라 한국에까지 갔으니 말입니다.

그런데 많은 경우 90% 이상 강함을 강조하는 것입니다. 몸이 약한 것도 영적으로 약하기 때문이다. 영적으로 강해야 한다. 강한 믿음을 가져야 한다. 강한 기도를 드려야 한다. 성도들이 함부로 못 하게 강한 기도의 어머니가 되어야 한다고 말합니다. 강해야 한다. 강해져야 한다. 강하지 않으면 안 된다. 그렇게 강해져야만 한다는 요구들이 저에게는 더 힘겹기만 했습니다. 싸워서 이겨야 한다? 나약한 자는 결코 들어설 수 없는 길이다? 어디 한군데 따스하게 기댈 곳이 없었습니다. 그렇습니다. 저는 어쩌면 따스하고 푸근한 곳이 교회이며, 상처받은 사람들을 회복시켜 주는 곳이 성도들의 모임인 것으로만 알았는데, 어떻게 된 것이 제가 가는 곳마다 감정 없는 전투원을 훈련하는 전투장 같기만 했습니다. 결혼 전 순복음교회 반사 생활을 한 적이 있었습니다. 그때는 그래도 선생님들이 함께 기도하고 위로하는 시간이 있었습니다. 또한, 오산리 기도원 가서 기도 훈련 받을 때 정말 열심히 기도하여 방언을 선물 받기도 하였는데 그때는 어떻게 이렇게 강한 전투원 교육을 받는다는 생각을 못 했는지 모르겠습니다. 그때는 목사 부인인 사모가 아니라서 그랬을까요?

그렇습니다. 목사 부인이라는 자리는 완벽히 훈련 받아 나선 전투원이 될 것을 요구되는 것만 같았습니다. 결코 기다려 주지 않는 목회 현장과 성도들…. 나는 여러 면으로 부족한 상황이었던 것입니다. 그러나 한 가지 물러설 수 없었던 점은, 내가 여러 면으로 부족하다면, 그 부족한 점을 찾아 보완하면 되지 않겠는가 하는 것이었습니다. 왜? 남편과 함께 가야 하는 길, 그가 그토록 매료되어 그를 전부 바칠 수밖에 없는 길, 그러나 그 길은 노예의 길이 아닌 진정한 자유자의 길임을 알았기 때문입니다.

이러한 과정을 거치며 한 가지 깨달음을 얻었습니다. 그동안 저는 값싼 은혜를 가지고 있었다는 것입니다. 그리스도를, 신앙을, 머리로만 받아들이고 경건의 모양만을 받아들였을 뿐 내 내면은 깨끗치 않은 채 그 겉모습에 도취되어 지내온 것이었습니다. 그러한 저였기에 사람들의 소리에만 귀 기울였고, 남편의 사역을 내조한다 하면서 그에게 그저 편승해왔던 것입니다. 그렇기에 진정한 그리스도와 인격적

만남이 없이 말로만 그리스도를 안다 하고, 하나님의 사랑을 내 소원을 들어주는 도구로 사용하였던 것입니다. 마치 유명 연예인을 만나지 않고도 그를 안다 하듯, 하나님의 사랑을 가슴으로 느끼지도 않으면서 어릴 적 들었던 말에 익숙해져 내가 하나님의 사랑을 아는 듯 위선을 떤 것이었습니다. 그러함에도 불구하고 하나님은 일련의 사건들을 통해 저를 두드리셨습니다. 감사한 것은 그 사건들 속에서 계속 손 내밀어 주신 예수그리스도를 만나게 되니 저는 죄인입니다라고 고백할 수 있었던 것이었습니다.

그렇습니다. 저는 죄인이었습니다. 첫 번째는 저는 하나님을 무서우신 분으로 낙인 찍어 그의 진노에서만 벗어나려고 노력해 왔던 죄인이었습니다. 마태복음 25장 24~25절에 있는 한 달란트 받은 종처럼 말입니다. 두 번째 하나님을 요술 방망이로 생각했던 철없는 죄인이었습니다. 이러한 것들이 드러나니 그동안 한 사역은 그냥 남편 따라 덜레덜레 하는 흉내만 낼 뿐이었음을 깨닫게 되었습니다. 성령님은 저의 내면을 아셨기에 저를 깨우치고자 주위로부터 모진 소리를 듣게 하셨던 것입니다. "내 살은 참된 양식이요 내 피는 참된 음료로다 내 살을 먹고 내 피를 마시는 자는 내 안에 거하고 나도 그 안에 거하나니 …"(요6:53-58)

그런 제가 이러한 시련들을 거치면서 비로소 그리스도가 내 안에 계신 자로 참된 자유자가 된 것을 확신하게 된 것입니다. 이제 사모로서의 그리스도인이 아니라 그리스도인으로서 내가 된 나로 거듭나게 되었던 것입니다.

"우리가 하나님과 함께 일하는 자로서 너희를 권하노니 하나님의 은혜를 헛되이 받지 말라 가라사대 내가 은혜 베풀 때에 너를 듣고 구원의 날에 너를 도왔다 하셨으니 보라 지금은 은혜받을 만한 때요 보라 지금은 구원의 날이로다. 우리가 이 직책이 훼방을 받지 않게 하려고 무엇에든지 아무에게도 거리끼지 않게 하고 오직 모든 일에 하나님의 일군으로 자천하여 많이 견디는 것과 환난과 궁핍과 곤란과 매 맞음과 갇힘과 요란한 것과 수고로움과 자지 못함과 먹지 못함과 깨끗함과 지식과 오래 참음과 자비함과 성령의 감화와 거짓이 없는 사랑과 진리의 말씀과 하나님의 능력 안에 있어 의의 병기로 좌우하고 …"(고후6:1-13)

3막_ 당나귀를 메고 가는 여자 111

4막

사랑의 가운

교회의 주인은
누구인가?

두 번째 사역지에서 6년이 지나 7년이 되는 해, 남편은 안식년을 받아 미뤘던 공부를 하기 위해 다시 프린스턴으로 향하였습니다. 담임목사로 있다 오로지 학생으로 지낸다는 것은 여러 가지 면으로 쉽지 않았습니다. 우선 주일에 가서 편안히 예배 드릴 곳이 없었습니다. 주변 교회에 가면 새 교우인 줄 알고 안내위원이 왔다가 목사임을 알리면 왜 이곳에 왔는가 의아해 하는 것이었습니다. 나중에 안 사실이지만 그 교회를 다니다가 교인들과 친해지면 몇을 데리고 나가 개척을 하거나, 아니면 담임목사에게 불만 있는 분들과 합세하는 경우가 더러 있기 때문이었습니다. 이러한 사정을 들은 우리는 한인 교회를 나가지 못하고 하는 수 없이 미국 교회에 나가 예배를 드리게 되었습니다. 그러다 친구 분이 자신이 섬기는 교회에 와서 성경 공부를 도와 달라는 말씀에 편히 그곳을 다니며 예배 시작 전 성경 공부를 인도하고 이후 함께 예배를 드리는 식으로 교회에 참여했습니다. 그런데 시간이 지나면서 예배 전 은혜 받고 예배 시간에 다 까먹는다는 말들이 들려오는 것입니다. 그래서 담임목사와 상의하여 자연스럽게 그 교회를 나오게 되었습니다. 그럼에도 일부 교우들이 "담임목사님이 목사님에게 강요했느냐? 어떻게 된 거냐?" 하고 물어, 공부에 더 집중하기 위해서라고 설명했지만 그 말을 완전히 믿어 주지 않는 듯했습니다.

남편은 박사 학위까지 하고 싶어 하는 눈치였습니다. 그래서 몇 군데 학교를 타진해 보았으나 무엇보다 경제적인 면에서 감당이 되지 않았습니다. 장학금이나 재정적 지원이 없이는 더 이상 안 되겠다 싶어 대선배인 목사님에게 남편 몰래 전화를 드려 상의했습니다. 그 목사님께서는 "내가 강 사모가 하는 말을 알아들었으니 강 목사에게 나에게 전화했다 하지 마시오. 내가 조만간 강 목사에게 전화 하리다." 하시고는 남편에게 전화하셔서 "강 목사, 강 목사는 강단에 서기 원하오? 교단에 서기 원하오?" 하시면서 "공부 그만큼 했으면 되니 이제 강단에 다시 서시오. 내가 한 교회를 소개할 테니 그곳에 이력서 보내시오" 하십니다.

이렇게 우리는 또다시 유홀(U-Haul, 이사용 차량 및 장비를 대여해 주는 회사의 이름. 흔히 셀프 이사 차량을 유홀이라고 부른다)을 끌고 망망한 옥수수밭이 펼쳐져 있는 인디애나 한인 장로교회로 향하게 되었습니다. 참으로 재미있는 것은 그 교회는 우리를 청빙함과 동시에 조그마한 미국 교회를 구입해 건물 수리를 시작한 즈음이었습니다. 하여 임시로 계시던 목사님이 한 달간 강단을 섬기고 우리는 공사에 투입되어 공사 현장을 관리 감독하며 함께 새 단장을 하였습니다. 그리고 한 달 뒤 입당 예배와 더불어 목사 위임 예배를 함께 드리게 되었습니다. 임시로 계셨던 목사님은 우리가 리노에 있을 때 샌프란시스코에서 목회를 하시던 목사님이신데 남편을 당신이 섬기셨던 곳의 후임으로까지 생각하셨던 분이었습니다. 그래서 임직식에 함께 참여하여 식을 거행하며 남편에게 당신이 입고 있던 가운을 벗어 입혀 주시는 것이었습니다. 마치 아버지가 아들에게 당신의 모든 것을 건네 주는 모습을 보는 기분이었습니다. 사실 목회 현장에서 자식에게 어떤 유산을 남기듯 목회자 자녀인 목사들은 보이지 않는 어떤 자산이 있는 것처럼 보였던 터라 순간 감동으로 다가왔습니다.

그렇게 순조롭게 부임하는가 했는데, 그곳에는 하나님이 아닌 현존의 주인이 있었습니다. 부임 직후 H장로님이라는 분이 저희를 집에 초대했습니다. 그분의 집은 그간 미국에서 경험한 집들에 비해서도 참 웅장하고 멋있었습니다. 반갑게 우리를 맞아 주시는구나 하고 기쁘게 들어갔는데, 의아하게도 그 장로님의 모습은 마치 자신의 아랫사람을 맞는 듯했습니다. 남편보다 연장자인 이유 때문만이 아니라 그곳에 함께 한 몇 분의 장로들과 집사들의 태도는 마치 그분의 날개 아래 있는 어떤 집단처럼 느껴졌습니다. 그느낌은 틀리지 않았습니다. 교회의 모든 결정권은 그곳에서 마지막 인증을 받아야 하는 식이었습니다. 그 세력은 커다랗게 자리잡고 있어서 실세가 잘 보이지 않는 거미줄처럼 곳곳에 쳐 있었습니다. 그 거미줄은 일반 성도들의 눈에는 보이지 않지만, 목회자의 일거수일투족 모두 그 거미줄에 걸려 검증 받아야 했습니다. 당회의 결정조차 그분의 마음에 들지 않으면 가차없이 그분의 집단에 안줏거리가 되어 씹히기 십상이었습니다. 이렇다 할 만한 잘못을 발견하지는 못해 뒷말로 끝나는 경우가 대부분이었지만, 그 뒷말이 많은 경우 목사인 남편에게까지 오는 것이어서 은근히 피곤에 지쳐갔습니다.

그럼에도 교육관이 필요해 교육관 증축에 나섰습니다. 증축이 필요한 상황이지만 여건이 만만치는 않은 상태였습니다. 그러나 목사님이 함께 할 것을 제안하면서 아기 입양을 위해 아버님이 주신 돈을 건축비로 몽땅 내놓자 그 마음을 알고 함께 응해 주신 장로님이 계셔서 완수할 수 있었습니다. 그런 것 같습니다. 목사의 진심을 알고 함께 하려는 장로님이 계시면 하나님은 함께 하신다는 것을 또다시 체험하는 계기가 되었습니다. 또다시 5개의 치아를 잃게 되었을지언정 말이죠.

교회 사역에 있어 장로들의 보이지 않는 힘겨루기는 목회자를 죽이는 일입니다. 목회자를 죽임과 동시에 교회를 죽이는 것 같습니다. 선교의 사명이나 전도의 열정은 뒷전, 오로지 자신의 영향력이 얼마나 크게 작동하는가에만 온통 신경이 가 있는 것입니다. 교회 사역에 어찌 그리 전문가가 많은지 모르겠습니다. 물론 성도들 모두 다 만인 제사장이지요, 또한 성경 말씀도 많이 읽고 대하셨으며, 그 외에도 많은 신앙 서적을 읽기도 하셨을 겁니다만 실질적 목회 전문가는 담임목사일 터인데 교회가 이래야 하지 않느냐, 저래야 하지 않느냐는 등 자신들이 보는 관점에서 의견을 피력하는 것입니다. 그 가운데 전체를 보려 하거나 하나님의 음성을 순종과 겸손의 모습으로 듣고 피력하는 분이 과연 얼마나 있을까 싶을 정도입니다. 제일 중요한 관심사는 목사가 누구와 더 대화하느냐였습니다. 목사의 의견이 자기 뜻과 맞지 않는다 싶으면 반대쪽 편을 드는 것이라고 단정하고 목사에 대해 각종 뜬소문을 만들어냈습니다. 목사가 누구와 친한가, 내 편인가 네 편인가, 그런 데에만 관심이 있는 것입니다. 그런 모습은 아직도 미숙련 사모인 저에게는 충격적이기만 했습니다.

그럼에도 지금도 감사한 것은 기도를 많이 하시는 한 집사님이 제가 몰래 철야 기도하는 것을 아시고 동참해 주셔서 금요일마다 기도의 끈을 놓지 않았다는 것입니다. 그러한 가운데 믿음이 연약하다, 믿음이 연약해 날마다 병치레를 한다 하는 저에게 하나님은 또다시 환상을 보여주며 이곳을 떠날 때가 왔다는 신호를 주십니다. 이러한 경험은 남편이 사역지를 옮겨야 할 때마다 경험했던 터라 저는 신문을 뒤지기 시작해 교단 산하 목회자 청빙 공고를 보고 형광펜으로 표시를 해 남편 책상 위에 조용히 놓아두었습니다. 남편이 그것을 보고 질문합니다.

"이게 뭐요?"

"생각해 보시라고요."

"뭘?"

"떠나실 때가 된 것 같아서요."

"무슨 말, 내 이곳에서 해야 할 일이 아직 많소. 이곳을 떠나야 한다는 것은 생각해 본 적도 없단 말이지. 교회로서의 체계가 아직 서지 않았다는 말이요."

"그래요. 알겠어요."

남편은 신문을 조용히 접어 책상 옆 쓰레기통에 넣습니다. 남편이 나간 뒤 다시 신문을 꺼내 책상 위에 다른 신문들과 함께 놓았습니다. 몇 주가 지난 뒤 남편은 신문을 펼쳐보다 형광펜으로 표시된 면이 다시 나오자 입가에 미소를 지으며 전화를 하는 것이었습니다. 한 곳에 전화해 청빙위원회 서기와 통화해 보더니, "이곳은 사람을 내정해 놓고 들러리로 다른 목사들을 세우는 곳이구만." 하더니 다른 곳을 보면서 "이곳은 오늘이 이력서 마감날인데." 하면서 전화를 돌립니다. "여보세요. 제가 청빙 공고를 보고 전화하는데 오늘이 마감날이더군요. 그런데 오늘 소인이 찍혀도 괜찮겠습니까?", "네, 가능합니다. 마침 저희가 마감일을 한 주 연기했거든요." 하는 것입니다. 그러자 남편은 그곳은 내정한 분이 없다 하면서 자신의 이력을 보내겠다고 했습니다.

이렇게 우리는 또 다른 사역지로 가게 되었습니다. 그곳에서의 청빙 절차가 참으로 예의가 바르고 교단 절차법규에 따른다고 느꼈던 기억이 지금도 생생합니다. 서류를 보내고나니 잘 받아 접수됐다는 답변이 오고, 그 다음은 1차 서류 전형이 끝나 목사님은 다음 순서에 있다고, 그 다음은 어떤 절차를 할 것인데 그에 맞게 준비해 달라. 그 다음은 우리가 목사님의 교회를 방문할 수도 있으니 그런 줄 알라. 잘 다녀왔고 다음은 목사님 부부가 주중에 이곳에 오시면 좋겠는데 언제가 좋은지 이 중의 하나를 고르시고, 설교 준비를 해 오셨으면 한다. 그 설교는 청빙위원만 듣는 설교가 될 것이라는 등, 순서 하나하나 정성과 예의가 있어 그곳에 청빙이 되지 않는다 해도 참 뿌듯할 것 같은 느낌이었습니다. 이러한 모든 절차를 마치고 청빙이 결정되어 미리 얻은 아파트로 들어가는데 장로님들과 권사님들이 주차장에서 우리를 환영해 주시는 것입니다. 그때 받은 꽃 선물은 지금도 나의 눈에 각인되어 있습니다. I장로님이 준비하신 상자를 여는 순간 조그만 꽃 화분들이 올망졸망 각각 자신들의 색을 내고 있는데 얼마나 황홀하던지…. 그렇습니다. 교회 안에는 다양한 색이 있습니다. 나의 색에 만족하고 다른 색에 자신의 색을 강요하지 않고 조화를 이룬 꽃 상자를 보면서 교회가 그러한 화합을 이루기를 소원하였습니다.

2장

경제적 안목이
생기다

세 번째 사역지에서 우리는 집을 장만하게 되었습니다. 그 계기는 은퇴하신 목사님 두 분의 경험을 통해 배운 경제 관이었습니다. 한 분은 김상중 목사님이셨습니다. 그분의 사연은 이러했습니다. 가정생활은 사모님이 버는 돈으로 하고 목사님은 교회에서 사례비도 제대로 받지 않고 사역하셨습니다. 사회보장 세금도 공제받으시고, 교단 연금도 내지 않고 그저 교회 건물 마련에 다 쏟아부으시고 그 다음에는 교회 성장에 몰두하셨습니다.

교회는 목사님의 소원대로 부흥이 되어 지역에서 알아주는 큰 교회로 성장하였습니다. 시간이 흘러 목사님은 은퇴하시게 되었는데 자신은 이민 1세대 목회자라 고생했지만, 다음 후배 목사들은 그렇게 하지 않게 하리라 생각하여 후임 목사 사택이며, 자동차 그리고 사례비와 연금까지 다 책정하시고 자신이 세운 교회를 더 잘 이끌 목회자를 모시고자 고민한 끝에 한국에서 제법 크다는 교회의 목사를 청빙하기에 이르렀습니다.

그런데 그 목사가 와서는 전임 목사인 초대 목사님을 무시하기 시작하고 목사님에게 드리기로 한 은퇴비를 모두 기각해 버린 것입니다. 목사님의 헌신을 인정해 당회에서 결정한 결의 상황임에도 불구하고 말입니다. 그런 것까지는 그렇다 하지만 자신이 원하는 부목사까지 한국에서 데려오고, 자신의 자녀들까지 다 데려와 학교에 입학시키고는 데려온 부목사에게 교회를 맡기고 자신은 한국에서 섬겼던 교회로 다시 간 것입니다. 알고 보니 안식년 1년을 허락 받고 자신의 자녀를 미국에 유학시키려 미국 한인 교회에 담임으로 온 것이었습니다. 한국 교회는 사표도 내지 않았던 것이지요. 영주권을 받아 자녀들까지 다 영주권자로 만든 다음에 말이죠. 그렇게 되니 원로 목사님이 어떠셨겠습니까? 충격으로 거의 실신 상태가 되셨고 사모님은 그간 고생한 것이 억울해지기까지 했던 것입니다. 두 분께는 아드님 한 분이 계셨는데 그 아드님조차 목사님 부부가 교회에만 헌신하느라 정성스럽게 돌보지 못해 아드님은 아버지와 그다지 좋은 관계가 아닌 상황이었습니다.

남편이 학교에 가서 공부하는 두 주간 우리 교회 강단을 지키시고 몸과 마음 좀 푸시라고 제가 두 분을 모시고 있게 되었습니다. 그 가운데 목사님과 사모님은 교인들에게 상처받은 것보다 목사에게 배반당하고 천대받은 것이 더 가슴이 아프시다며 후회의 심경을 한없이 토하시는 것이었습니다. "이게 다 내 잘못이지 누구를 탓하겠소. 내가 헌신하면 다 잘 되는 줄 알았다오. 헌데 헌신했으면 헌신으로 끝내야 하는데 헌신한 만큼 그 교회가 내 것으로 착각했던 것이지. 해서 나의 뒤를 이을 자를 찾고 은퇴 후 삶이 막막해지니 지난 헌신의 대가를 찾으려 했으니, 다 나의 욕심에서 비롯된 것임을 알지만 지금의 상처가 너무나 커서 이겨내기가 너무나 힘이 들구려.", "내가 이제 깨달은 것은 가정도 생각하고, 정당한 사례비를 받고, 정당한 요구를 하며 정당한 사역을 해야 한다는 것이지. 내 것을 몽땅 주고 이제 내가 늙어 힘이 드니 나 살게 해 주시오 하는 상황이 되었고, 그러다보니 내 교회가 되어 나에게 잘 할 후임자를 물색했으니…. 그저 내 아내에게 미안하고, 아들에게 미안하고 하나님께 회개하는 심정 뿐이오. 강 목사 내외 분이 나를 이렇게 받아 주고 이러한 시간을 주니 감사하오. 나의 모습을 보고 강 목사는 잘하실 것이라 보오."

또 한 분은 미국 교회를 담임하셨던 한인 목사님이셨습니다. 그 목사님은 미국 교회를 섬기면서 교회 사택에서 사셨습니다. 그래서 사역하는 동안은 집 걱정 없이 사셨는데 막상 은퇴하려니 자신의 집이 없더라는 것입니다. 순간 아차 했답니다. 아내가 은퇴 후 받는 사회보장연금과 다른 연금으로 집세를 내면서 살 수 있는가 싶었답니다. 그래서 그분은 우리에게 목회자도 재정 관리를 하면서 은퇴 후의 삶에 대해서도 생각해 보아야 한다고 조언해 주셨습니다. 목회자가 돈을 벌려 목회하는 것은 아니나 그럼에도 세상에 사는 인간이니 교회에서 정당히 사례를 받고, 받은 바 자신의 형편대로 헌신하되 자신의 노후에 대한 계획도 세워서 은퇴할 때 당황하지 않고 자신의 재정을 관리하는 모습을 보여주는 것도 목회라는 말씀이었습니다.

사실 저는 남편이 목사 안수 받을 때의 모습 속에서 목회자의 길이 예수 따라가는 길이라 굶는 길이라 생각했던 적도 있었습니다. 그래서 얼마의 사례비이든 적다 많다 하지 않고 그 안에서 감사하며 생활했기에 재정을 관리해야 한다는 생각은 하지 않았습니다. 더불어 저희 아버지의 말씀처럼 청렴결백의 삶은 약간의 배고픔이 동반된 삶이라 생각했고, 또한 성도들의 말처럼 목회자는 가난해야 한다는 생각이 은연중 물들어 있었던지 저축은 생각지도 못해본 것이었습니다. 그랬던 나의 관념이 두 분 목사님의 경험을 듣고 달라지면서 목회자의 경제 개념을 새로 정립할 수 있게 되었습니다. 주어진 상태에서 알뜰하게 살면서 안정된 삶을 준비하는 것임을요.

그렇게 저희 부부 생애 처음으로 조그마한 집을 장로님의 소개로 구입하게 되었습니다. 아파트 월세 내는 만큼의 월 지불 금액이지만 그 집을 장만했다는 이유로 교회 내 말이 돌기 시작했습니다. 목사가 무슨 집이 필요해 집을 사는지 모르겠다면서 도움을 준 장로와 한패가 되었다는 등 온갖 소설이 쓰이는 것이었습니다. 그 당시 더 나의 가슴에 못질을 한 사람이 있는데 목회자의 자녀인 J집사 내외 분의 태도였습니다. 그들은 자기 부모님도 아직 집을 장만하지 못한 목회자인데 젊은 목사가 벌써 집을 구입했다며 성도들에게 우리를 질타하는 것이었습니다. 자신은 우리보다 더 어린데 큰 집을 유지하고 살면서 말이죠.

목사는 돈을 벌기 위해 목사가 된 것이 아닙니다. 사역,

부르심을 받고 목사가 됩니다. 그렇기에 돈을 좇아서는 안되겠지요. 그러나 땅에 발을 딛고 사는 이상 비천하게 사는 일은 없어야 한다 생각합니다. 가난은 사역자가 취하는 것이지 성도들이 요구하는 사항은 아닌 것입니다. 그렇습니다. 주님은 우리가 가난하기를 원하는 것이 아니라 돈을 좇아 살지 않기를 바라는 것, 물질과 주님을 동시에 섬기지 않기를 바라는 것입니다. 그렇기에 그분을 섬기며 응당 교회에서 책정한 금액에 감사하고 겸손하게 사는 모습의 본을 보여주는 것 또한 우리의 몫이라 생각합니다. 교회 사역지를 옮길 때도 사례비가 얼마인지 따지지 않았습니다. 선배 목사님들의 실패는 우리에게 타산지석이 되어 그 실패를 될 수 있는 한 되풀이하지 않으려는 노력으로 물질 관리를 하는 것입니다. 또한, 한 가지 확실한 것은 주의 종을 하나님은 결코 주리게 하지 않는다는 것을 저는 체험으로 알고 있기에 일체의 비결을 배웠다고 고백한 바울의 고백이 저의 고백이 되는 것입니다.

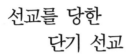

3장

선교를 당한
단기 선교

하나님이 주신 신호를 받고 사역지를 가도 항상 순조롭고 평탄한 길만 주시는 것은 아닙니다. 이스라엘 백성들이 하나님이 예비하신 땅을 향해 가는 길이 평탄하지만은 않았듯이 말입니다. 너무나 어여쁜 꽃들을 받고, 환영을 받고, 예의를 갖추어 청빙해준 곳이어도 지난 교회들과 큰 차이는 없었습니다. 지난날 서로 나눴던 상처들, 의견 대립으로 인해 양분된 상태였습니다. 우리 교회 안에 더 충실하여 아이들이 교회에 와서 쉬면서 마음껏 즐길 수 있는 체육관도 지어야 한다는 의견, 지금 북한의 우리 민족이 굶어 죽어가고 있는데 우리만 잘살고 우리 건물만 늘리는 것이 기독교 정신이냐는 의견이 있었습니다. 두 그룹 모두 기도하시겠지만 의견은 조금의 양보 없이 팽팽한 상태였습니다. 선교는 다른 나라에만 하는 것이 아니고 이곳 이민 사회도 하는 것이다. 우리 아이들 교육을 위해 교육관도 짓고 체육관도 지어야 한다. 통일이 되어 우리가 굶어 죽어갈 때 당신들은 무엇을 했냐고 북녘 동포들이 질문할 때 무어라 말할 수 있겠는가. 두 그룹 다 일리가 있었습니다. 두 가지 다 하면 되는데도 불구하고 어느 것을 먼저 해야 하냐를 두고 공동의회에서 부딪쳤고, 부결된 쪽은 상처를 입고 부결한 사람들은 보이지 않는 적이 된 것이었습니다. 남편은 우선 배고파 굶주린 쪽이 시급하다 생각하면서도, 오른손과 왼손으로 번갈아 아령을 들어올리듯 양쪽을 조금씩 이끌어 나가는 방식을 취했습니다.

우선 교회 내부를 정리하였습니다. 창고처럼 쓰던 곳에 장을 짜 넣어 도서관과 큰 교실로 사용하게 했습니다. 그랬더니 한결 분위기가 좋아졌습니다. 그리고 선교적 사명을 부각해 나갔습니다. 한 가지 감사한 것은 다 많이 배우고 점잖은 분들이라 매사에 감정적으로 나오지는 않으셨습니다. 또한, 선배 장로님들의 의견을 경청하는 모습들이지 누구 밑에 교회 조직배처럼 무조건적 숭배는 아니었습니다. 그렇게 건축위원회를 만들고 앞으로의 계획을 수립하고, 한편으로는 선교위원회를 조직해 선교 비전을 만들기 시작했습니다. 선교위원장인 K장로님과 우선 멕시코 답사를 다녀오고 선교위원회에서는 두 지역에 선교하기로 결정했습니다. 그러고나니 잠재되어 있던 원유가 솟아오르듯 선교에 열정이 생기는 것이었습니다. 선교지에 가기 몇 달 전부터 교육하고, 물품을 모으고, 일정에 맞게 계획안을 만들었습니다. 사실 그 교회는 이민 교회에서 보기 드물게 학위 수준이 꽤 높은 곳이었습니다. 성도들의 98%가 대졸 이상 학력일 정도였으니 말입니다. 그러기에 모든 일을 진행함에 한 치의 오차도 없이 순서를 밟았던 것입니다. 선교지마다 선교사님들께서 우리 교회 선교팀이 선교사님의 안전수칙을 잘 준수하는 참 모범적인 팀원들이라 평가할 정도였습니다.

멕시코에서는 주로 아이들 여름 성경학교를 운영하며 그들의 필요를 도와주는 방향으로 하면서 우리나라 선조들의 뿌리도 찾아보게 되었습니다. 선인장같이 생긴 애니깽이라는 식물을 잘라 그곳에서 실을 뽑아내는 작업에 동원된 노동자들이 우리 조선인이었답니다. 그분들은 하와이로 가는 줄 알고 배를 탔는데 이곳 멕시코로 와서 그 모진 일을 감당하면서도 독립운동을 위해 자금을 만들어 보냈다니, 참으로 숙연해지는 역사적 사실이 숨어있는 것이었습니다. 그 강인한 밧줄을 만들었다니, 애니깽 실이 얼마나 단단한 재료였겠습니까. 이렇게 몇 세대가 흐르다 보니 그분들의 성은 순사 하다 오신 분은 순사 네 집이라 부르다 보니 순사가 되었고, 예산 등 지역 명칭을 부르면 그게 성이 되는 경우가 많았습니다. 비록 언어를 잊어 버렸어도 도산 안창호 선생님이 한글 학교 교육을 했던 일을 기억하는 분도 계시며, 자신이 한국인이라는 의식은 철저히 남아 있었습니다. 미국에 사는 우리의 후손도 몇 세대가 지나면 한국어를 잊어버리고 얼도 잊은 채 그저 한국의 피가 흐른다는 것만 알게 될지도 모르겠지요.

그 다음은 중국 연변 과기대와 용정이라는 마을에 의료 선교를 하게 되었습니다. 의사 선생님과 영양사, 간호사 등 모두 15분이 함께 했습니다. 한 가지 안타까운 사연은, 그곳에 계신 선교사라는 분이 북한 탈북자를 돕는다고 하면서 그들이 묵을 숙소를 짓는데 5,000불이면 집 한 채를 짓는다는 것이었습니다. 그래서 우리 교회에서도 1동 4채를 짓도록 성도들이 금전을 지원하고서 실제로 찾아가보니 지원자 명패를 달아 놓긴 했는데 우리 교회 성도 이름만 붙이는 것이 아니라 우리가 떠나면 그곳을 방문하는 다른 사람의 이름을 바꾸어 넣는 식으로 하고 있었습니다. 그것을 발견하는 순간 선교사라고 다 믿을 것이 아니구나 하는 생각이 들었습니다. 선교라고 하면 겉으로 드러나는 결과를 추구하는 경우가 종종 있는 것 같습니다. 선교 현지에 교회 예배당을 지었다, 아니면 그들을 위한 시설을 설치하였다는 등, 보이는 사역에 치중하는 바가 많지 않나 싶습니다. 어찌 보면 선교 사역자들은 그들과 함께 살면서 그리스도를 전파해 그들이 그리스도인이 되게 하는 것이기에 긴 시간의 작업인 것 아닌가 합니다.

어찌 선교지만 그렇겠습니까? 우리의 현 사역도 마찬가지로 성도들과 함께 살면서 서서히 그리스도의 삶을 나누는 것이라는 생각입니다. 모든 면에 우리는 너무 성급한 것 같습니다. 당장에 어떤 결과를 보아야 한다는 마음에 사로잡혀 있으니 말입니다. 그러고 보니 이야기가 옆으로 살짝 샜습니다.

선교 현장에 그런 실망만 있지는 않았습니다. 중국 교회를 방문하였을 때의 일입니다. 방문한 날이 화요일 오후 시간이었는데 많은 사람이 열심히 청소하고 있었습니다. 층계며 복도며 본당을 청소하는데 대걸레로 닦는 것이 아니라 다들 꿇어 엎드려 손걸레로 걸레질을 하는 것이었습니다. 그 숫자는 10여 명이 넘었습니다. "오늘이 대청소 날인가 보죠?" 하고 질문을 하니, 그렇지 않고 내일 수요예배를 위해 청소한다는 것이었습니다. 화요일은 수요예배를 위해, 토요일은 주일을 위해 매번 한다는 것입니다. 또한, 예배 시간이 되면 교회 안 뿐 아니라 층계 그리고 창문을 열고 창문 옆길까지 앉아 예배를 드린다고 합니다. 이곳은 소위 삼자교회라는 곳이었습니다. 삼자교회는 선교사들이 성경 번역을 하던 곳이었고, 특히 감명받은 이야기는 모택동 시절 성경을 다 태워버릴 때 그 성경을 지키기 위해 벽을 뚫어 그곳에 성경을 감추고 벽돌을 새로 올렸다고 합니다. 나중에 교회 공사를 하다 보니 벽 속에서 성경이 나왔다는 것입니다. 그 교회를 둘러보면서 오순절 다락방에 임하셨던 성령의 임재를 느꼈습니다. 순간 온몸에 소름이 돋았습니다. 저뿐만이 아니라 그곳에 계셨던 분들 대다수가 비슷한 느낌을 받았다는 말씀을 하셨습니다. 또한, 청소하는 분들을 보면서 우리가 예배를 대하던 자세를 뒤돌아보게 되었습니다. 우리 예배 준비는 어떠했나? 이렇게 간절한 기다림으로 예배를 준비한다면 어떨까? 가만히 보니 단기 선교팀은 선교를 하는 것이 아니라 선교를 당하는 것이었습니다.

일행 중 9분은 중국에 남아 계속 의료 봉사를 하기로 하고 장로님 한 분, 권사님 한 분, 그리고 우리 부부는 이북에 들어가게 되었습니다. 먹고 나면 없어질 양식보다 계속 공급해 줄 양식이 더 좋겠다는 의견 하에 중국에서 염소를 사서 보내기로 했습니다. 염소는 많은 양식이 필요한 것이 아니라 풀만 있으면 젖을 짜 아이들에게 보급할 수 있다는 것이었습니다. 우리는 중국에서 사탕과 아코디언 등을 사서 지프에 싣고 압록강 다리를 건넜습니다. 압록강 강변에서 보초를 서고 있는 이북 병사들은 마치 이남의 중학생 정도로 보일 정도로 체격이 왜소했습니다. 몸에 맞지 않는 커다란 군복에 장총을 멘 모습에 순간 눈물이 솟았습니다. 그렇구나, 뉴스나 방송에서 보던 것보다 더 열악한 모습, 이 모습을 보고 어떻게 탁상공론으로 넘길 수 있단 말인가. 같은 민족이며, 한 언어를 사용하는 우리가 어쩌다 이렇게까지 되었을까?

저들이 이북에서 내려오신 나의 아버지 같은 분들이 말씀하시는 빨갱이인가. "저들의 말은 다 새빨간 거짓말이며, 잔악하기 그지없는 놈들이다. 빨갱이들은 자신들 외에 다른 사람은 안중에도 없는 인간들이다. 나는 이미 그들을 충분히 경험해 봤던 사람으로 말하는 것이니 명심하라." 하셨던 그 빨갱이이렸다. 초등학교 시절 반공 수업시간에 그렸던 포스터 속 입에서 피를 뚝뚝 흘리는 늑대로 표현했던 그 빨갱이가 내 앞에 떡 하니 있었던 것입니다. 허수아비에게 군복을 입힌 것 같이 서 있는 저들이 내가 처음 직접 본 빨갱이란 말입니다. 기가 막혔습니다. 눈물을 참을 수 없었습니다. 분노의 눈물이 가슴을 쳐대는 것입니다. 옆에 같이 계시던 권사님은 연신 '나쁜 놈들, 나쁜 놈들' 하셨습니다. 우리를 안내하는 L장로님은 주의를 당부하셨습니다. 여기서 언행을 조심하지 않으면 나갈 수 없다면서 우리의 여권은 이미 저들에 다 넘어간 상황, 그렇기에 저들의 손에 우리의 생사가 다 걸려 있다는 것입니다.

미국과 각국에서 보낸 배편이 나진항에 있다 하여 그곳으로 안내를 받았습니다. 빨간 적십자 마크가 선명하게 찍힌 밀가루 포대를 배에서 내리고 있었습니다. 그 밀가루로 빵을 만드는 빵 공장도 견학했습니다. 그 공장에서 만드는 빵은 어릴 적 먹어보았던 술빵과 비슷한 맛이었습니다. 어떤 영양분을 넣었을까요? 그렇지 않아 보였습니다. 밀가루에 그저 이스트 하나 넣고 부풀려 찐 빵이었습니다. 커다란 욕조 같은 통에서 밀가루가 하염없이 부풀고 있었습니다.

그 부푼 모습이 굶주림에 배가 뽈똑하게 부푼 아이들의 배와 중첩되었습니다. 남편이 우리를 안내하러 나온, 그야말로 빨갱이인 당원에게 물어보았습니다. "우리가 무엇을 더 지원하길 바라십니까?" 하니 그분은 숨김없이 건포도를 빵에 같이 넣어 주고 싶은데 그러질 못한다고 말합니다. 아이들에게 당분을 보충해 주고 싶다는 솔직한 표현이었습니다.

그분들의 안내에 따라 한 유치원을 방문해 간식 시간을 참관하게 되었습니다. 그곳 시설은 저 옛날 제가 다녔던 유치원보다 못한 느낌이었습니다. 빵과 따끈한 우유가 빨간 플라스틱 접시에 놓여 있는데 어린아이들은 한결같이 빳빳하게 풀 먹인 교복 깃처럼 굳어 있습니다. "감사히 먹겠습니다." 하면서 우유를 마시고 빵을 먹는 아이들은 그나마 형편이 나은 것임을 알 수 있었습니다. 지프 밖으로 보이는 굶주려서 배만 뽈록 나온 아이들을 익히 보았기 때문입니다. 그곳에서 먹는 식사가 왜 그리 미안한지 하루 굶으면 어떠랴 싶어 배부르다면서 음식을 먹는 척만 하였습니다. 옛날에 손님이 와서 손님 식사를 차려 드리니 아이들이 창문 틈으로 보면서 손님이 한 숟가락이라도 남겨 줄 것을 소원하는 모습을 보고 손님은 한 숟가락만 뜨고는 배부르다면서 상을 물렸다지요. 그렇듯 내가 물린 식사가 그 누구에 게든 도움이 되기를 바라던 것입니다. 그 마음이 어찌 저만 이었겠습니까? 약속이라도 한 듯 우리 네 사람은 다 그리하 는 것이었습니다. 뭐라도 더 집어 줄 것이 없을까 하는 생 각만 온통 꽉 차 있었습니다. 호텔 계단 옆 창문 너머로 민 간인 집들이 보입니다. 그 집들은 화사함이라고는 찾아볼 수 없는 흑백사진처럼 희미하게 보입니다. 결국 마음속 깊 이 감춰두었던 눈물이 솟구쳐올라 왔습니다.

어찌어찌 일정을 마치고 중국으로 돌아오는 길, 국경에 서 중국 관문이 열리기를 기다리다 산언덕에 볼일을 보러 권사님과 함께 올라갔습니다. 그런 우리를 지켜 주려 장로 님도 동행하게 되었습니다. 그런데 숲에서 갑자기 어린아 이가 뛰쳐나오더니 중국말로 뭐라 하는 것입니다. 놀란 장 로님께서 "야, 너 한국말 할 줄 알아?" 하니 "한국말이 뭡니 까? 저 한국말 모릅네." 하는 것이 아니겠습니까. 하니 장 로님께서 "야, 임마 너 한국말 할 줄 알잖아!" 하시는 데도 아이는 계속 "뭐시기 말입네까? 나 한국말 할 줄 모릅네." 합니다.

그래서 장로님께서 너 방금 중국말로 뭐라 했냐 하니 돈 이나 먹을 것 있으면 달라 했다는 것입니다. 장로님께서 지

갑을 열어 달러 지폐 있는 것을 꺼내며 "이거 달러인데 이것 사용할 줄 아니?" 하니 사용할 수 있다 합니다. 시장에 가면 사용이 가능하다는 말에 장로님은 있는 돈을 몽땅 주었답니다. 9.11사태가 날 줄도 모르고 그때 아이에게 돈을 다 주는 바람에 장로님께서 한국에 계시는 동안 수중에 돈이 없어 한국에 계신 저의 어머니께 빌려야 하는 처지가 되기도 했습니다.

저희의 원래 계획은 이북에서 빵 한 개를 가지고 나와 백두산 천지에서 성찬식을 하려 했습니다. 그런데 그마저 배고픈 아이에게 가기 바라는 마음에 가지고 나오지 못하고 백두산 올라가는 근처에서 빵과 포도주를 구입해 함께 갔던 15분이 백두산 정상에서 성찬식을 하였답니다.

선교팀들은 그렇게 열심히 멕시코 지역과 중국과 이북 등을 가슴에 품고 기도하며 각자의 마음에 진주의 씨앗이 될 이물질을 품게 되었습니다. 그 이물질들은 아픔을 동반합니다. 그 아픔과 더불어 진액을 배출해 영롱한 진주를 배출할 것입니다. 현장을 가보지 않은 자들은 결코 만들 수 없는 진주 말입니다.

선교를 한다는 것에 온 성도들이 기뻐하거나 지지하지 않기도 합니다. 모든 이들은 자신들의 처지에 따라 보는 각도가 다르다 보니 특히 중국 선교나 북한 선교에 대해 마음 불편한 분들이 있습니다. 특히 주정부나 연방정부 쪽에서 일하시는 분들이 예민한 반응을 보입니다. FBI에서 우리 교회를 주시하고 있기에 중국과 북한 선교는 멈추어야 한다는 등 여러 가지로 남편에게 압박이 주어졌던 모양입니다.

주님!
주님은
땅끝까지 이르러 내 복음을 전파하라 하셨습니다.
그 땅끝이 어디인가 하고 머리를 수없이 돌려 보았습니다.
주님!
그 땅끝은 도대체 어디인가요?
아둔한 저는 보아야 아는 도마처럼 지구 위를 둘러보았습니다.

주님!
춥고 배고프다 못해 굶주린 자들이 있다 하기에
제가 가진 알량한 자비심을 동원해 그곳에 갔습니다.
오, 주님!
이를 어찌합니까?
그곳은 저의 자비심은 통할 수 없는 곳
오직 주님의, 그 주님의 손길로
눈을 뜨고 보니
주님!
주님의 눈물과 가슴 저림이 있는 곳이었습니다.
오, 주님!
나의 주님!
이제야 알았습니다.
땅끝이라기에 멀리서 찾았던 곳
그곳은 바로 나의 등잔 밑이었다는 것을

4장

2대
목사

이민 교회에서 목사님 한 분이 개척해 은퇴까지 하는 교회가 얼마나 있을까요. 저희가 청빙 받은 교회가 그러한 교회였습니다. 한 분이 25년 여를 봉사한 교회. 그렇기에 나름 그곳은 자신들의 자부심이 있는 곳이었습니다. 더군다나 성도 대다수가 한국 사회에서도 높은 학벌을 소유했고 미국 사회에서도 빠지지 않는 상류 생활을 한다고 해도 과언은 아닐 곳이었습니다. 그러한 곳에 2대 목사로 청빙 받았으니 당연히 1대 목사님과 비교되게 되어 있습니다. 한국에서도 보면 2대 목사가 1대 목사님의 행적에 치어 사역을 하는 모습을 많이 보았습니다. 그러니 이민 교회는 오죽하겠습니까. 저희가 부임하니 어느 권사님께서는 제가 얼마나 영어 언어 능력이 있는지 파악하시려 저와 일부러 가까이하기도 했습니다. "사모가 영어를 얼마나 해?", "응, 그래도 알아듣기는 하는 것 같아."라고 했답니다. 한번은 모 권사님에게서 전화가 왔습니다. 저의 학력이 어떻게 되냐 물으십니다. 이렇게 미국 생활에 익숙한 곳임에도 '하나 사면 하나 덤'의 인식이었습니다. 목사님만 면접하는 게 아니라 사모도 면접하고, 그리고 그의 영어 실력도 궁금한 처지인 것입니다.

부임하고 몇 달이 지난 후 결혼식이 있었습니다. 그 결혼식 주례를 원로 목사님께 부탁했다면서 남편은 아직 이곳을 모르니 그리했다는 것입니다. 그렇지 않아도 1대 목사님의 거처는 어떻게 하실 건가 궁금했었습니다. 그래서 남편에게 1대 목사님은 이곳에 계시는가 물으니 아니라면서 1대 목사님은 교단의 규정에 철저히 따르실 것이라 했다고 합니다.

그러나 현실은 그렇지 않았습니다. 원로 목사님 내외 분이 예배에 참석하였습니다. 원로 목사님이 싫은 것이 아니라 어른이 계신다는 것이 부담되는 상황인 것이지요. 한번은 일이 겹친 데다 아직 지리에 익숙하지 않아 추도 예배 시간에 조금 늦었습니다. 당시는 자동차 내비게이션이 있던 시절도 아니어서 초행길은 많은 시간을 요할 뿐 아니라 잘못 들어서면 얼마나 걸릴지 알 수 없는 상황이 되고는 했으니 말입니다. 그런데 우리가 늦게 도착하자 권사님 한 분이 주저함 없이 "아니 일이 많으면 원로 목사님께 추도 예배는 넘겨 드리지 왜 혼자 다 하려 하십니까?" 하면서 추궁하는 것이었습니다.

한 분 목사님이 은퇴까지 사역한 교회에 부임하는 후임 목사는 여러 가지로 어려움이 많은 것 같습니다. 은퇴하신 목사님에 대해 불만을 말하면서 전의 목사님은 이러한 실수를 하였고, 이러한 일을 해야 하는데 하지 못했으며, 그렇기에 새로 오신 당신을 지지할 테니 묵은 찌꺼기는 다 없애 달라 하는 식으로 요구하며 자신들이 함께 개혁에 앞장서겠다 하는 분들이 계시는가 하면, 후임 목사가 어떻게 하는가 보자 하면서 뒷짐 지고 있는 분들까지…. 무슨 일을 하든 전임 목사님과 항상 비교해 "목사님, 전임 목사님은 이렇게 하셨는데 목사님이 그렇게 하는 것이 불편하네요." 하고는 아직 은퇴 목사님을 자신의 현 담임목사로 여기고, 지금 목사는 일일이 전임 목사님께 상의하기를 바라는 분들, 우리가 전임 목사와 어떤 고생을 하며 이 교회를 세웠는데 하고는 자신들의 공로에 집착하는 분들 등, 이러한 것으로 말미암아 적잖이 남편의 행동에 늘 제약이 따르는 것 같았습니다.

원로 목사님 내외를 부모처럼 생각하는 한 자매가 있었습니다. 별다른 말은 없었지만 그 자매는 남편을 몹시 불편하게 여겼습니다. 그녀가 아파 병원에 심방을 가도 달가워하지 않고, 그 후로 구역 예배에서 마주쳐도 아는 체하지 않더니 주일 예배 시간에는 큐티 책을 가지고 와서 그곳에서 고개를 숙이고 책만 읽는 것이었습니다. 시간이 지나도 그러한 행동이 이어져서 주일 예배 시간이 되면 자꾸 신경이 거슬리기까지 했고, 남편 또한 말씀 선포 시간이 되면 몹시 힘이 드는 것 같았습니다. 그녀와 그녀의 남편은 나름 내로라하는 대학을 나왔고 사람들에게 나름 존경도 받는 듯한데 그런 그녀의 행동은 참으로 이해하기 어려웠습니다. 주위 분들에게 상의하듯 그녀의 모습을 이야기해 봐도, 대수롭지 않다는 듯 "글쎄 왜 그런지 모르겠어요."라고 하니 뭐라 더할 이야기가 없었습니다. 들리는 말로는 원로 목사님 내외 분과 정이 많이 들었는데 남편이 원로 목사님에게 예배 때 축도라도 시켜 드리지 않고 자신이 다 주관하여 예배를 인도한다는 것, 한 달에 한 번이라도 설교를 시켜 드리지 않았다는 것, 또한 원로 목사님이 친교하고 가시게 붙잡지 않아서 서운하다는 말도 들렸습니다. 남편은 그녀에게 말씀을 전할 때만이라도 자신의 말씀 선포에 함께 해줄 것을 당부했지만, 그녀는 아랑곳하지 않아 참으로 힘든 예배 시간을 보내야 했습니다.

이러저러한 곡절 속에도 감사한 것은 성경 공부 시간에 많은 분이 참여하고, 그 시간을 기다리며 차츰차츰 하나둘 새로운 모습으로 정착해 가는 것이었습니다. 새로운 곳에 가면 그곳을 다 파악할 때까지 움직이지 말고 서두르지 않아야 한다는 생각에 다소 더딘 것 같더라도 인내로 이겨 나가려 하니 주위에서 왜 아직도 움직이지 않느냐며 다그치는 사람들이 있는가 하면 혹여 자신들이 세워놓은 어떤 틀이 깨지는 것은 아닌가 하여 긴장하는 분들이 늘 있는 것 같습니다.

이곳에서 은퇴할 때까지 사역하려면 25년이 흘러야 하는데도 그분들은 누우이 "목사님이 우리 교회에서 은퇴까지 사역하는 2대 목사님입니다." 하면서도 그 시간을 기다리지 못하는 것입니다. 그럼에도 불구하고 이민 교회에서 보기 드물게 선배 장로님들의 사역을 잘 전수하는 것과 장로님들의 사역을 인정하고, 목회자를 극진히 대우하며 섬겨 주시는 모습은 참 본보기가 되는 모습들이었습니다.

　새로 집을 짓는 것보다 잘 지어졌지만 낡아진 집을 보수하는 것이 더 어렵다 합니다. 2대 목사의 사역은 그러한 것 같습니다.

5장

배낭을
메고

　세 번째 사역지에서 목회자로서는 과분한 대우를 받았던 것 같습니다. 몇몇 분들이 가진 골프장 회원권 덕분에 클럽하우스에서 식사를 하기도 하고, 교회 원로들을 모시고 결혼식 피로연에 참가하기 위해 최고급 호텔에도 가고, 세브란스 오케스트라단의 연주회에도 적어도 1년에 두어 번은 참여하게 되었으니 목회자로 어찌 상상이나 한 일이겠습니까? 또한 많은 성도가 그야말로 조상 때부터 믿는 믿음의 가정들이어서 부모들이 탄탄히 닦아 놓은 열매를 누리는 분들이니 모난 상처 없이 마음도 훈훈한 분들이 더 많고, 인격적으로도 좋은 분이 많았습니다. 당회에서 회의를 하거나 제직회에서 회의한 내용은 조직적으로 잘 짜여 나름 잘 움직였습니다. 선교지에서도 우리 교회 단기 선교팀들이 하는 사역을 참 마음에 들어 했습니다. 한마디로 깨끗하고 점잖은 모습을 갖추었으니 말이죠.

어느 날 기도를 하는데 또 하나님께서 환상을 주십니다. '아니, 이제 안식년 좀 가지려 하는데 왜 나에게 이러한 것을 주십니까?' 하였지만, 그 메시지는 외면할 수 없이 나타나는 것이었습니다. 아니나 다를까 모 교회에서 남편을 부흥 강사로 불렀습니다. 사실 남편은 부흥 강사 유형은 아닙니다. 그런데 그 교회에 가보니 기도 중에 본 바로 그곳 아니겠습니까? 놀란 저는 숙소로 돌아오자마자 남편에게 하나님께서 이곳에 당신을 보내려 하시는 것 같다 말했습니다. 그 말을 들은 남편은 무슨 말을 하느냐면서 이곳은 우리가 섬기는 곳과 너무 유사하고, 이곳 교인들과 우리 교회 교인들이 친구인 분이 너무 많아 안 된다는 것이었습니다. 하지만 이후에도 그곳 목사님은 은근히 남편이 당신의 후임으로 오셨으면 하고 의중을 살폈습니다.

집회를 잘 마치고 집으로 돌아온 남편은 기도하고는 전임 원로 목사님께 전화를 해 보더니 "여보, 내가 전화해 보니 이미 전 원로 목사님이 정해 놓은 목사가 있는 것 같소.

내가 그곳에 이력서를 내면 원로 목사와 현재 목사님 간에 대립이 생기고, 그렇게 되면 교회가 혼란스러운 일이 생길 것 같으니 피하는 것이 좋겠소." 하는 것이었습니다.

그러던 어느 날 남편이 저에게 한국으로의 여행을 제안했습니다. "여보! 이번 휴가에는 배낭을 메고 한국 여행 한 번 하지 않겠소? 한국 식구들에게는 알리지 않고 배낭을 메고 그냥 목표 없이 돌아보고 오는 것이오." 그렇게 우리는 한국에 가기로 하였습니다. 우리가 한국에 간다고 하니 선교부에서 부탁을 하나 했습니다. 중국 선교사에게 어린이들을 위한 차를 구입해 주기로 했다가 그곳에서 받을 준비가 안 되어 그냥 가져온 돈이 있는데, 이제 준비가 됐다고 하니 한국에서 만나 그 돈을 전해 주십사 하는 것이었습니다. 그래서 아무 생각 없이 그러마 하고 한국으로 떠났습니다.

서울 YMCA의 찻집에서 선교사를 만나 부탁 받은 8,000불을 전해 주고 우리는 정말 배낭 하나 메고 우선 마장동 시외버스 터미널로 향했습니다. 남편은 자신이 힘들게 군대 생활 했던 '인제 가면 언제 오나 원통해서 못 살겠네' 라는 춘천을 지나 소양강 댐을 지나 양구로 가자 했습니다. 그렇게 해서 우선 청량리에서 춘천행 기차를 탔습니다.

기차는 청년들로 가득했습니다. 우리 둘도 그 청춘들과 어울려 타임머신을 타고 젊었던 그때로 돌아간 듯했습니다. 춘천에 내려 닭갈비와 춘천 막국수를 먹고 소양강 댐으로 가서 양구 가는 배를 탔습니다. 함께 했던 모든 추억은 아름다운 것일까요. 우리 두 사람은 추억을 아름답게 느끼며 더듬어 가고 있었습니다. 양구에서 하루를 묵고 시골 버스를 타고 환선굴이 있다는 곳으로 향했습니다.

젊었을 때 친구들과 여행을 가려 하면 "내가 네 남편감에게 너의 손을 잡아 건네주기 전까지는 너는 내 책임하에 있다. 여행은 절대 안 된다."라는 아버님의 철칙 때문에 나들이 한번 제대로 못 한 나의 고국 아름다운 동산을 남편 손을 잡고 다니는 것이니 어린아이가 새로운 세계를 걷는 것만큼이나 흥분이 되었습니다. 곳곳에서 앞에 펼쳐지는 그림을 쫓아가기에 바쁠 정도로 '참으로 아름다운 우리네 금수강산'이라는 말이 무슨 말인지 눈으로 확인하는 순간이었습니다. 미국에서 수많은 국립공원을 다니고 산들을 다녔어도 광활하고 웅장하다라고 표현할 뿐 포근히 나를 안아 주는 느낌은 없었는데, 한 번도 나를 본 적이 없는 설악산이 나를 포근히 안아 주는 것이었습니다. 환선굴 입구에서 도토리묵도 사 먹고 시원한 굴속에 들어가 보기도 하고 또 속초 가는 버스가 눈에 띄자 즉흥적으로 그 버스에 몸을 싣고 엉덩이를 찧는 비포장도로도 불편하다 느끼기는커녕 어릴 적 달구지를 얻어 탔을 때 복권이라도 맞은 듯 기뻐하며 소 엉덩이를 보았던 것처럼 기쁘기 그지없었습니다.

속초에 도착하여 조그만 여관방을 얻어 하루를 자고 그렇게 먹고 싶었던 횟집에 가니 한상 가득한 상차림이 잘 왔다고 차려 주는 어머니 밥상처럼 느껴집니다. 바다 풍경을 쌈 삼아 회를 먹고 배부른 우리는 다시 바다를 풍경 삼아 걷다 동해행 버스에 몸을 실었습니다. 버스 맨 뒷자리에 앉아 미처 다 마르지 않은 속옷과 양말을 손잡이에 살짝 걸쳐 놓고는 어린아이들이 말썽부리기 전에 망을 보듯 혹 사람들이 뒤로 올까 눈치를 보면서도 왜 그리 좋은지…. 동해에 도착하니 울릉도 가는 배편이 보입니다. 우리의 남은 시간은 아직 충분해서 우리는 그 자리에서 울릉도에 가기로 하고 울릉도 가는 배에 올랐습니다. 처음 타 보는 여객선, 뱃멀미로 신고식을 톡톡히 치른 후 조그만 섬으로 우리를 옮겨 놓았습니다. 일제 치하에 선교사들을 추방하자 이곳에 들어와 선교 사역을 하였기에 한국 섬 중에 제일 기독교인이 많다는 섬인지라 곳곳에 교회들이 있습니다. 아주머니들이 빨간 대야에 놓인 해물을 직접 손질해 초고추장과 함께 내놓는 회를 사 먹고 민박집에 방을 얻었습니다. '아, 남편과 함께 다닌다는 것이 이렇게 자유롭고 신이 나는 일이구나.' 민박집은 영화 속 한 장면, 남녀가 부모 반대를 무릅쓰고 도망하여 얻은 바닷가의 방 한 칸 같았습니다. 나리분지라는 곳도 가보고 섬을 한 바퀴 돌던 중에 남편이 저에게 질문했습니다.

"여보! 당신은 지금 이 교회가 편하오?"

"네, 저는 만족해요. 이민 교회로서 이만한 교회도 드물잖아요?"

"그렇지…. 그런데 나는 왠지 모르게 내 영이 죽어가는 것 같소."

"무슨 말이에요?"

"왠지 내가 예수님을 따른다고 하면서 너무 많은 것을 누리는 것 아닌가 하는 생각이 드는 것이요."

그 말을 들으니 머릿속에 섬광처럼 떠오르는 생각이 있었습니다. '그렇구나, 내가 이렇게 어린아이처럼 기뻐하는 동안 이이는 뭔가 생각에 잠겨 있는 것 같더니, 그래서 그랬구나. 무슨 결단을 내리기 위한 기도의 시간이었구나.'

"이제 이 교회를 떠날 때가 된 것 같다는 생각이 드는데, 이 생각이 맞는지 아닌지는 나에게 조그만 것이라도 태클

이 들어오면 떠나라는 하나님의 신호라 생각하고 그때 떠날 생각이오."

"그래서 제가 말씀드렸잖아요. D교회가 그곳인 것 같다고."

"그곳은 내가 지원할 경우 두 분의 첨예한 대립이 있을 것이라 하지 않았소. 그러나 하나님 뜻이라면 자연스럽게 연결되겠지."

이렇게 이러저러한 이야기를 나누다가 서울로 돌아오게 되었고, 남편은 먼저 미국에 들어가고 저는 친정에 들러 조금 더 있기로 하였습니다.

한국에서 일정을 마치고 미국에 돌아와 보니 왠지 분위기가 심상치 않았습니다. 알고 보니 한국에서 전달한 선교비를 두고 서기 장로가 문제를 제기했다는 것이었습니다. 그분은 남편과 같은 동갑내기로, 선임 장로님들이 그의 명석함을 좋게 여겨 서기 장로로 임명했는데 자신에게 교회의 모든 권한이 있는 것으로 알았던 모양입니다. 선교비를 교회에 다시 입금한 후 전달해야 하는데 선교부에서 보관했다 전달한 것은 자신이 몰랐던 일이고 따라서 목사가 비리를 저지른 것이라는 주장이었습니다. 정당히 전해야 할 금전이었다는 선교 부장님 쪽 주장과 당회가 모르는 일을 했으니 담임목사로서 잘못을 행한 것이라는 주장이 갈린 것입니다. 서기 장로는 선교부의 설명에도 불구하고 미동도 하지 않았습니다. 그분은 워낙 중국 선교와 북한 선교에 마음이 편치 않았던 터라 이참에 이 건을 빌미로 북방 선교를 끊으려는 의도였던 것입니다. 그렇지 않아도 남편에게 북방 선교를 중단할 것을 여러 차례 이야기하면서 FBI가 우리 교회를 위험한 교회 리스트에 올렸다면서 압박을 했다고 합니다. 그럴 때마다 '나 혼자 정한 것이 아니라 선교부에서 정한 것이니 그곳에 당신의 의견을 내놓아 그들이 당회에 가지고 오게 하든 아니면 당신이 당회에 정식으로 안건을 제기하라'고 대답했지만, 호시탐탐 때를 보았던 그분은 숙이고 들어올리가 없었습니다. 남편은 어처구니가 없었을뿐더러 화가 나기도 하였나 봅니다. 남편은 그 장로가 자기 앞에 잘못했다고 무릎을 꿇든지, 자신이 그만두든지, 둘 중 하나여야 한다는 입장이었습니다. 그러는 와중에 한 곳에서 목회자를 청빙한다면서 남편 같은 분이 오시면 좋겠다 하여 그곳에 이력서를 넣고 한 달도 안 되어 청빙이 이루어지게 되었습니다.

"당신은 억울하고 기가 막히지도 않아요? 왜 끝까지 당신의 의를 보이지 않아요?"

"여보! 목사는 장로나 성도와 맞대결해 싸우는 것이 아니요. 문제가 있으면 그곳을 떠나라 하나 보다 하고 조용히 떠나는 것이지."

"아니, 그건 당신이 책임 회피하는 것 아닌가요?"

"그렇게 본다면 할 수 없지. 허나 지금은 그리 해야 한다는 것이요. 아니면 25년 간 평안했던 곳이 양분화되어 싸우게 되는 거요. 나는 이곳에서 할 일을 다 했소. 교육관 증축을 위한 도로를 닦아 놓았고, 선교 열정이 없는 곳에 선교 열정이 살아났으며, 교회 증축과 이북에 아이들을 위한 양식도 전해 주었기에 현재 양쪽이 원하던 일들이 다 이루어졌고, 성경 공부를 통해 자신들을 보게 되는 계기를 얻은 분들이 늘어났으니 나는 이곳에서 해결되어야 할 터전을 닦아 놓은 것으로 할 일을 다 했다 보오. 그렇기에 미련이 없소."

5막

아골 골짝

1장

새로운 사역지
부름의 응답

　마치 오래전에 계획된 것처럼 모든 청빙 절차가 속전 속결로 이루어졌습니다. 그러나 저의 마음은 그다지 편하지 않았습니다. 그곳 청빙위원장이 부인과 함께 공항에 나와 우리를 맞이하는데 그 부인이 제 주위를 한 바퀴 돌더니 "괜찮네" 하는 것이었습니다. 그 뜻이 뭔지는 모르겠지만 마치 주인이 자신의 하녀를 선별하는 듯해 불쾌하기까지 했습니다. 교회에 도착해 본당에 들어가니 저에게 보여준 그곳은 아니기에 저는 또다시 남편에게 여기는 아닌 것 같다 말했으나, 남편은 이렇게 어려운 곳에서 사역하는 것도 의미 있다고 말합니다. 자신은 그간 너무 좋은 사역지에서 사역을 해 한편 송구스럽기까지 하다는 그의 말에 순종하기로 하였습니다. 최종 결정에 이르러 교회에 사직 의사를 표하고 2주 만에 우리는 그곳을 떠나게 되었습니다. 지금도 감사한 것은 마지막까지 우리의 짐 싸는 것을 도와준 M집사님, 떠나기 전날 찾아와 함께 식사를 해주었던 N권사님 내외분, I장로님, H장로님 등, 많은 고마운 분들을 만난 것입니다. 잊을 수가 없는 그리운 분들을 뒤로하고 우리는 교회에서 퇴직금을 대신해 남편이 쓰던 차를 주어 그것을 끌고 서부로 서부로 달리기 시작했습니다.

그곳 부동산 하는 분에게 우리의 아파트를 구해 달라고 부탁했는데 너무 비싼 고급 아파트를 얻어 놓은 관계로 그것 또한 구설수의 시작이 되었습니다. 어머니와 함께 셋이 도착한 아파트 사무실에서 키를 받아 들어가야 했습니다. 아무도 환영해 주지 않은 우리의 새로운 사역지…. 차에서 당장 쓸 이불만 끄집어내어 자고 아침은 근처 식당을 찾아 헤매다 한국 상점을 발견해서 그곳에서 아침을 해결했습니다. 짐을 이삿짐센터에 맡겨 놓은 터라 언제 도착할지 기약 없이 기다려야 하는 상황. 피난민처럼 며칠을 지내는 동안 그 누구도 찾아와 보는 이 없었습니다. 짐이 도착하는 날 O장로님이라는 분이 오셔서는 "짐이 많네요."라는 말을 하고 가신 것이 다였으니 지금까지 다녔던 사역지와는 너무나 다른 맞이함이었습니다.

"뭔가 이상하게 돌아가는 것 같아요. 어떻게 담임목사가 왔는데 와 보는 이가 하나도 없어요?", "뭘 몰라서 그러겠지. 그리고 어쩌면 새로운 담임목사를 모시는 일을 해 보지 않아서 그럴 거요." 늘 상대방 입장에서 생각하려는 남편의 태도에 마치 저만 불평을 늘어놓는 사람이 되는 것 같아 더 이상 의문을 제기하지 않기로 하였습니다.

주일이 되어 교회에 가니 예배당은 제법 성도들이 차 있었습니다. 남편은 새로운 임지에서의 첫 설교를 하였습니다. P장로님이라는 분이 대표기도를 하셨는데 예배가 끝나고 남편과 악수를 하면서 "목사님, 오늘 말씀 은혜 받았습니다. 저는 이제 이 교회를 떠납니다. 오늘이 이곳에서의 마지막 예배입니다." 하는 것이었습니다. 우리는 둘 다 그야말로 멍했습니다. 이게 뭐지? 어떻게 되는 상황인 것이지? 이렇게 덴버에서의 사역이 시작되었습니다.

다음 주가 되니 한 그룹이 그 P장로님과 나갔다고 합니다. 사연은 이러했습니다. 주변에서 이 교회는 목사를 잘 쫓아내는 교회로 소문이 나 있었고, 미 장로교회임에도 불구하고 그간 장로 교단 목사가 아니라 타 교단 목사님을 모셨다고 합니다. 그러한 와중에 전전임 목사도 나가게 만들었고, 전임 목사는 누명을 씌워 나가게 하려는 과정에서 장로들 간 의견 충돌이 생겨 그 목사님을 모시고 교우 반이 나가 개척을 하는 것으로 되었답니다. 남은 교우들은 자신들이 원하는 목사님을 모시려 대기시켜 놓았는데 노회에서 이제는 교단 목사가 아니면 안 된다고 하여 새로 청빙위원회를 구성해야만 했던 것입니다. 그런데 여기에 전 청빙위원회는 자신들이 대기시킨 목사님을 모시고 개척하기로 하여서, 우리가 오는 시점에 두 개의 교회가 개척되어 쪼개져 나가는 모습이 된 셈입니다. 노회 총무는 남편에게 기대가 많다면서 이제야 이 교회가 제대로 미 장로교회의 교회로서 자리잡아 갈 것 같다면서 반기는 반면, 교회의 성도들은 '당신 왔소, 이제 어떻게 하는지 우리가 지켜볼 것이요' 하는 분위기였습니다.

대심방을 하면서 교회 전반적인 분위기를 파악해 가기로 하였고, 한편으로 젊은 그룹의 성경 공부 반을 만들고자 했습니다. 예배 후 각 나이 별 성경 공부 시간이 있어 젊은 모임에 남편이 들어가니, 그 그룹에서 하는 말이 "목사님! 우리와 너무 가까이하려 마십시오. 우리는 우리끼리 잘 알아서 할 테니 다른 그룹을 신경 쓰십시오."라는 것이었습니다. 젊은 모임은 목사와 함께 성경 공부를 하면 목사와 같은 노선을 타게 된다는 것으로 보일까 부담스러워 자기들끼리 모임을 한다는 것이었는데, 여기에도 서로 다른 성격의 그룹이 둘 있었습니다. 한쪽은 술을 마시며 모이는 그룹이고 다른 한쪽은 나름 자신들의 신앙을 지키려는 그룹으로, 두 그룹 다 목회자와 가까이하지 않는다는 선을 이미 그어 놓은 상태였습니다. 그들은 목회자와 장로들 및 제직 그룹과의 싸움에 끼어들고 싶지 않아 목회자를 멀리하는 것처럼 느껴졌으며, 자기들끼리도 서로 친밀감을 가지고 터놓고 함께 신앙생활 하는 분위기는 아니었습니다. 마지못해 남아 있는 이들이었던 것입니다. 전임 목사님을 내보내는 과정에서 얼마나 치열하게 목사님께 누명을 씌우려 했으면 동생 장로가 형 장로에게 목사님을 그렇게까지 치졸하게 쫓아내지는 말자고, 시간을 주고 나가게 하면 형과 함께하겠다고 했는데도 그 말을 묵살해 동생 장로가 이 목사님과 함께 나가기까지 했다 합니다. 이 목사님과 함께한 성도들은 계략으로 목사님을 쫓아내려 하지 않은 쪽이니 그나마 선한 양심이 있는 부류였던 것입니다.

그곳은 우리가 이전에 사역했던 지역과는 다르게 한인이 많이 사는 곳이었습니다. 전에 우리가 사역한 곳은 목회자 모임에 기껏해야 10명쯤 모이는 정도였는데 이곳은 몇 배가 되어 다른 목사님들과 자주 만나게 되었습니다. 사모들의 모임에서 제가 꽃꽂이를 했던 것을 아시고 토요일마다 교회에서 꽃꽂이를 강의하게 되었고, 사모들과 기도회 모임도 하게 되었습니다. 교단을 초월해 목사님들은 우리를 반가이 맞아 주시고, 염려해 주셨습니다. 지금도 그 목사님들과 사모님들과 함께 위로하며 서로를 위하여 기도하던 시간을 잊을 수가 없습니다.

2장

하나님,
그리스도가 계시지 않는 교회

어느 날 O장로님 내외와 식사를 하게 되었습니다. 그때 O장로님이 이렇게 말씀하십니다. "목사님! 우리 교회는 이제 목사님이 어떻게 하느냐에 따라 부흥하느냐 마느냐가 달려 있습니다. 우리 교회는 이곳 한인 교회 중 가장 좋은 위치에 가장 큰 성전을 가지고 있습니다. 이렇게 좋은 여건에서 부흥을 못 시키면 되겠습니까?" 그의 말에 따르면 교회 부흥은 목사의 재주에 달려 있다는 것입니다. 마술 같은 재주를 부려 사람들을 현혹하여 교회에 사람들을 끌어오라는 것 같았습니다. 나간 사람들은 지금 자신들의 성전이 없으니 목사가 재주를 잘 부리면 올 수도 있다는 것입니다.

또한, 그간 목회를 했으니 지나간 교회 성도들에게 이곳 덴버가 살기 좋은 곳이니 이곳에 이사 오게 하라는 말씀까지 친절하게 조언하시면서, 그들이 오면 '저 목사님을 사람들이 이토록 따르는구나' 하는 소문이 나서 나간 사람들이 하나둘 들어올 것이고 그러면 끝난다는 것입니다. 뭐가 끝난다는 것인지 모르겠지만 말이죠.

비단 O장로님만 그러한 말씀을 하시는 것이 아니었습니다. 그럴 때마다 남편은 웃으면서, "부흥은 하나님이 관장하시는 바, 우리가 그분께 순종하면서 서로 안에 계신 하나님의 형상을 보고 상대를 귀하게 여긴다면 하나님이 그들의 백성을 보내 주시지 않겠습니까?" 합니다. 교회에 남은 대다수의 관심은 교회 건물과 이 지역에서 역사가 있는 교회라는 평판과, 어떻게 해서 이 교회 건물을 장만했는가 하는 데에만 있었습니다. 그럼에도 남편은 몇 년간 줄곧 그리스도의 십자가만을 전하였습니다. 그러한 남편에게 어떤 집사님은 '그렇게 그리스도의 십자가 지기를 열망하면 당신 사례비나 깎고 말라.'고 하지를 않나, 또 한편에서는 '그놈의 십자가, 십자가 타령 지겨워 죽겠다, 십자가 고난이 그토록 좋으면 당신이나 십자가 지시지 왜 우리에게 십자가 타령이냐, 가뜩이나 힘든 이민 상황에 축복의 말씀을 선포하고 축복을 기원해도 모자를 판에.'라고 하는 것이었습니다.

이러한 분위기에서 나는 크리스천에 대해 많은 생각을 할 수밖에 없었습니다. 스스로 크리스천이라 말하는데 자신의 변화가 없는 크리스천, 교회 다니는 사람 중 진정으로 거듭난 크리스천, 본 어게인 크리스천이 과연 얼마나 있을까요? 그리스도의 십자가의 도 외에는 우리가 자랑할 것이 없어야 하는데 그리스도의 십자가가 부담스럽고 싫다는 사람들은 또 얼마나 많은가요?

3장

아님 말고

클리블랜드 집이 팔리면 이곳에서 집을 장만해야겠기에 아파트 계약을 6개월만 했습니다. 다행히 집이 팔려 우리는 집을 장만하게 되었습니다. 목회하면서 항상 우리 집을 개방해 왔으며 이곳에서도 예외 없이 온 교우들을 초대해 집들이를 하게 되었습니다. 음식 준비를 혼자 하려 재료를 장만했는데 집들이한다는 소식을 들은 몇몇이 함께 돕겠다 하십니다. 마침 그들이 내 또래여서 저는 흔쾌히 받아들였습니다. 그들의 도움으로 무사히 모든 일을 잘 치렀습니다. 모든 분이 일찍 돌아가시고 저를 도와 주신 분들은 그냥 돌려보내려니 마음이 편치 않아 집 앞에 있는 호텔에서 커피와 케이크를 대접했습니다. 그렇게 대접하고 끝냈으면 좋았을 텐데 한 교우가 들고 있는 가방이 눈에 띄었습니다. 그가 주일마다 바꾸어 들고 오는 가방은 제가 선물로 받아 가지고 있던 가방과 같은 상표이기에 그가 색깔별로 가지고 있으면 다른 사모들이 들고 다니는 가방과 가격이 그리 차이 안 나지 않나 싶어, 그렇다면 나도 가끔 들고 다닐 수 있지 않을까 하는 생각이 든 것입니다.

사실 이곳에 와서 많은 사모님을 만나게 되었는데 하나같이 코치니 뭐니 하는 브랜드 가방을 들고 다닙니다. 나는 그간 브랜드 있는 핸드백을 구입한 적이 없었습니다. 그것들은 내가 엄두조차 내지 못할 금액이었으니까요. 그간 사역하던 곳은 그 지역에서 제일 큰 안정된 교회였고 주변의 더 형편이 어려운 교회 사모들의 처지를 알기에 저는 회사 로고가 있는 가방이라든지 옷을 입지 않는 것을 원칙으로 지냈습니다. 물론 그런 여유도 없었고, 나의 옷이나 핸드백, 구두들은 다 굿윌이라는 중고매장에서 샀던 터였습니다. 교회에 갈 때도 성도들의 형편과 처지를 잘 알기에 일일이 옷 입는 것부터 성도들의 형편과 처지에 맞게 하려 하였습니다. 특히 핸드백은 브랜드가 보이지 않는 것을 사용하였고 제가 직접 산 핸드백은 TJ 맥스라는 아울렛에서 큰

맘 먹고 산 100불짜리가 유일했습니다.

그런데 이곳에 오니 상황이 다른 것 같아 내심 여자의 사치심이 올라온 모양입니다. 저는 그 교우에게 "집사님, 그 핸드백은 얼마 정도 해요?" 하고 물었습니다. 순간 그녀는 놀라는 표정으로 "왜요?" 하는데, 그 표정은 그렇게 비싼 핸드백을 들고 다니냐는 힐문으로 받아들이는 듯 싶었습니다. 그래서 "아니, 제가 그런 가방이 있는데 한 500달러 정도면 들고 다닐 수 있지 않나 해서요."

"500달러라니요? 이거 1,500달러짜리예요."

순간 저는 놀라지 않을 수 없었습니다. 그렇게 비싼 것이었으면 받지 않고 물렸어야 했는데 이런 것을 받았구나 후회가 들었습니다.

"사모님도 가지고 있다면서 왜 가격을 물어요?"

"아니, 제가 산 게 아니고 교우에게 선물로 받았어요. 그렇게 비싼 가방인 줄 알았으면 물릴 것을 하는 생각이 드네요. 저는 저를 위해 가방 한 번 산 적이 없고 옷도 굿윌에서 사는데 이런 일이 있다니…."

"그럼 들고 다니세요. 왜 못 들고 다녀요? 다음 주에 들고 나와 보세요."

"아, 네, 알겠어요." 하고는 다른 이야기들로 화제를 돌려 이런저런 이야기를 나누고 헤어졌습니다.

그런데 몇 주 뒤 한 집사님이 저를 보자는 것이었습니다. 그분은 저에게 두 주 전에 누구를 만난 적이 있냐면서 무슨 이야기가 오고 갔냐는 등 여러 가지 질문을 했습니다. 저는 영문도 모르고 집들이에 음식 준비를 도와준 분들이 고마워 커피와 디저트를 대접했으며, 그분들은 누구누구라 했더니 "사모님이 전에 계셨던 곳에서는 '샤넬 백 정도 선물을 받았고, 그 정도 아니면 나는 선물을 받지 않으니 이 교회에서도 그 정도의 선물은 해야 한다'고 하시고, 한 집사에게는 '당신은 부자라 명품만 입는 것 같으니 안 입는 옷 있으면 달라'고까지 말씀하셨다는데요?" 저는 그만 어이가 없어서, "저는 그런 말 한 적이 없는데요? 누가 그러던가요?" 거기 함께 있던 사람들의 얘기라고 하면서 그들이 이렇게 사치한 사모는 징계해야 한다고 Q장로님께 건의까지 올렸지만 그 장로님이 당회에서 거론될 문제가 아니라고 접어 두셨다는 것입니다. 그러자 그들은 이 교회에서 나가겠다면서 10개 가정이 떠났다는 것입니다. 커피도 호텔 커피만 마시는 사모…, 라고 했답니다.

기가 막혔습니다. 이게 이렇게까지 소설이 되어 돌아올 수 있구나, 더구나 나는 그들이 우리와 함께 신앙생활 할

분들이라 알고 내 마음을 열어 그들에게 감사해 했고 함께 했는데…. 너무나 슬펐습니다. 또한 억울하기 그지없었습니다. 나는 25년 넘게 내조하면서 처음 목회할 때 받은 금액으로 생활하고 나머지는 헌금과 남편 책값, 구제비, 남편 의상비에 사용하고, 그러고도 남은 것은 아이를 잃은 만큼 아이들 교육비가 들지 않으니 평강 장학회를 만들고 싶어 모으며 살았는데, 이런 청천벽력 같은 소리를 듣는 것도 모자라 교회를 갈라놓는 꼴이 되었으니…. 커다란 포탄이 가슴을 치고 나가는 것 같았습니다. 우리가 온 지 한 주 만에 몇 십 명이 우르르 나가더니 이제는 저를 핑계 대고 또 몇 십 명이 우르르 나갔다는 것이었습니다.

이렇게 말도 안 되는 말이 통하는 곳이 이곳이었습니다. 만일 지난 교회에서라면 이런 소문이 돌면 우선 본인에게 진상을 파악하고 그런 말들이 더 퍼지지 않도록 조치했을 것입니다. 그랬습니다, 이곳 교회는 우리를 받아들일 마음이 근본적으로 없는 곳이었습니다. 순간 그동안 정성스레 최선을 다해 근면성실하게 사모의 역할을 하려 했던 나의 공든 탑이 와르르 무너지는 것 같았습니다. 사람들의 말에 흔들리지 않으려다, 당나귀는 메고 가지 않으려다 하였던 다짐은 사라지고, 사람들의 시선과 말들이 다시 나를 사로잡는 것이었습니다. 너무 아팠습니다. 침대에 몸을 맡기자 눈물이 흐르기 시작하더니 폭포수가 되어 나옵니다. 온몸이 아파 오기 시작합니다. 나는 침대 시트를 붕대처럼 온몸을 말아 대었습니다. 너무나 아픈 나머지 살이 찢어지는 느낌이 드는데 마치 오징어를 찢을 때 찢어지는 살들이 서로를 놓지 않으려 붙잡는 것 같았습니다. 그 사이 사이에서 피가 흐르는 듯 느껴졌습니다.

'주님! 저 아파요. 너무 분해 죽을 것 같아요. 예수님! 제이러한 마음 아시나요? 저 어떡하면 좋아요. 사람들을 볼수가 없어요. 이러한 곳에 있고 싶지 않아요. 이곳에 온 6개월 동안 겪었던 것 주님께서 아시죠. 주님! 이곳이 우리가 올 곳이 아니라 이러한 고통을 당해야 하는 것인가요? 그래도 믿는다는 자들이 이렇게 악랄할 수는 없잖아요.'라고 하면서 예수님께 마구 대들며 씨름하였습니다. 야곱이 얍복 강가에서 씨름한 것은 자신이 쌓아온 재물과 축복을 위해서라면 저는 억울한 것이, 분한 것이, 그리고 이곳에 있어야 한다는 자체가 깜깜하여 어떻게 이 난관을 극복할까 하는 씨름이었습니다.

그렇게 며칠이 흘렀습니다. 남편을 볼 면목조차 없어 남편에게 내가 이겨낼 때까지 내 방에 혼자 두어 달라고 부탁한 나의 심정을 이해하여 남편은 나를 꼭 안고 기도해 주기도 하고 품어 주는 것이었습니다. 그래도 나의 아픔은 가시지 않았고 어디서부터 치료해야 할 줄 알 수도 없었습니다. 교회에서 퇴근해 음식을 사 온 남편은 조금이라도 먹으라 했지만 입으로 넘어가지 않았습니다. 그런 나에게 남편은 "여보! 내가 미안하오. 그들이 당신에게 덮어씌운 억측들은 당신이 잘못해서가 아니라 나에게 불만이 있어 당신을 제물 삼은 것이요. 그러니 나에게 미안해할 것 없소. 당신은 그동안 참 좋은 사모의 역할을 했고, 나에게는 좋은 내조자로 잘 하고 있소." 하지만 그러한 그의 말이 더 나를 아프게 하는 것이었습니다.

'아, 내가 그동안 많은 사랑을 받았던 사모였구나'라는 생각이 들어 지난 교회의 교우들이 감사했습니다. 기도하기는 이곳 성도들도 나의 감사의 대상이 되기를 소원해 보기도 하였습니다. 이러한 나의 처지를 들은 사모님 몇 분이 함께 기도하자 하셔서 기도의 시간을 갖게 되었습니다. 그 중에 이곳에서 오래 계셨던 사모님이 자신의 이야기를 들려주셨습니다. 본인도 저와 비슷한 처지에 처하게 되었는데 하도 기가 막혀 당사자를 찾아갔답니다. 그래서 그분에게 조목조목 따지면서 내가 언제 그랬냐 했더니 "그래요?

아님 말고요." 하더랍니다. 사람의 탈을 쓰고 어떻게 그런 무책임한 말을 할 수 있느냐 하니까, 뭘 그리 대단한 것처럼 말하냐면서 본인만 아니면 되지 않냐 하더랍니다.

"사모님! 영적 전쟁이 심한 이곳 덴버에 오신 신고식 한 것입니다."

그렇게 제가 하지 않은 말을 소설화한 그들이 교회를 떠나고 한참 뒤, 그들 가운데 한 사람을 우연히 마주치게 되었습니다. 그가 저에게 아는 체 웃으며 다가와 한다는 말이 "사모님! 우리가 나가고 나서 많이 아팠다면서요?" 하는 것입니다. '아, 이게 아님 말고인가 보다' 하고 실감했습니다.

저희가 이곳에 오자마자 맞이하게 된 여러 증상은 우리에게 닥쳐올 쓰나미의 전조였던 것입니다.

주님, 주님께서는 저를 아시니,

저를 잊지 말고 돌보아 주십시오

저는, 웃으며 떠들어대는 사람들과

함께 어울려 즐거워하지도 않았습니다.

주께서 채우신 분노를 가득 안은 채로,

주의 손에 붙들려 외롭게 앉아 있습니다.

어찌하여 저의 고통은 그치지 않습니까?

어찌하여 저의 상처는 낫지 않습니까?

주님께서는,

흐르다가도 마르고 마르다가도 흐르는

여름철의 시냇물처럼,

도무지 믿을 수 없는 분이 되셨습니다.

(예레미야 15:15, 17-18)

4장

폭풍
속으로

넋 놓고 그대로 있을 수만은 없었습니다. 주님께 떼쓰며 혼자라도 할 말을 다 쏟아 놓아야 살 것 같았습니다. 무릎 꿇어 기도해야 한다는 생각이 들자 저는 40일 작정 철야 기도를 다짐하고 저녁식사를 마치면 교회로 향했습니다. 찬송을 부르고 성경 읽기를 반복하다 소리치며 기도했습니다. 한나가 이토록 아프고 억울한 나의 심정이었을까요? 단지 다르다면 아기를 달라는 것이 아니라 내가 이렇게 억울하니 나를 돌보사 이러한 처지에서 나를 건져 주시고 이기게 해 달라고…. 그랬습니다. 저는 이 모든 일에 하나님의 뜻이 어디에 있는지 알게 해 달라 기도한 것이 아니라 억울하고 힘든 환경을 탓하면서 우리를 괴롭히는 이 처지를 이기게 해 달라고 떼를 쓴 것이었습니다. 이렇게 본당에 엎드린 저를 보고 몇 분이 자신들도 기도한다며 옆에 오십니다. 그분들은 저와 함께 기도하려 한 것이 아니라 내가 무슨 기도를 하나 들으러 온 것으로, 내가 기도한 내용이 외부로 말이 되어 나가게 될 터라서 소리 내어 기도도 못하고 그저 속으로만 간구하니 더더욱 그 자리에서까지 마음이 옥죄어 오는 것이었습니다.

나는 헤매기 시작했습니다. 아무도 없는 외로운 처지에 어디 마음 둘 곳이 없었습니다. 그나마 교회에 나와 철야기도 하는 곳에서조차 내 자리를 빼앗긴 것이었습니다. 갈기갈기 찢긴 나를 추스르기 위해 각종 집회를 쫓아다녔습니다. 어느 집회에서는 가슴에 쌓인 분함과 억울함에 기도하며 울다 그냥 쓰러지기도 하였습니다. 시간이 갈수록 저의 가슴에 폭력적인 언어의 화살들만 더더욱 늘어났습니다. '하나님. 제가 이토록 기도하는데 왜 화살들이 더 꽂히는 것입니까?' 이러한 상황이 도저히 이해가 되지 않았습니다. 어디서부터 잘못된 것이지? 어떻게 하면 이 몰아치는 폭풍을 헤쳐 나갈 수 있을까?

이제 안 되겠다 싶어 다른 교회로 가려 해도 누가 했는지 교단 교회마다 남편에 대한 험담을 보냈답니다. 선배 목사님이 임시 목사로 계신 교회에도 그러한 이메일이 와서 깜짝 놀라 전화가 왔습니다. 강 목사를 이 교회에 소개해 주려 했는데 이게 무슨 일이냐면서, 그곳 장로님이, '메일에 별다른 내용은 없었지만 목사에 대해 불만이 있다는 것은 분명하고, 그가 옳고 그름을 떠나 그러한 서한이 돌아다니는 것 자체가 불리한 부분 아니냐'고 하면서 우리야 강 목사님을 잘 아니 괜찮다고 해도 만일 교우들이 그것을 보게 된다면 그에 따른 설명도 있어야 하니까 그런 과정이 새 목사님을 모시는 데 도움이 되지 않을 거라고 했다는 얘기였습니다. 아무 근거도 없는 것이지만 그런 상황에 말려 있다는 것조차 덕이 안 된다 생각한 남편은 이력서를 낼 생각조차 하지 않았습니다.

심지어 전에 섬겼던 곳 한인회에 강 목사가 그곳에 있을 때 어떤 사람이었냐? 목회는 잘 했는가? 강 목사에 대한 신상과 그가 그곳에서 잘못한 일들을 전해 주면 좋겠다고까지 이메일을 보냈답니다. 그것을 본 그곳 집사님이 기가 막혀, '강 목사님은 내가 십여 년 넘게 잘 아는 사람으로, 강 목사님은 그리스도의 심정을 가지고 목회하는 목사님이시다. 그 이상 뭐가 궁금한지 당신 이름을 밝혀라, 그러면 내가 당신을 고소할 것이다. 그 부분은 강 목사님이 못할 것이기에….' 라고 했다면서 우리에게 무슨 일 있느냐며 걱정하는 연락이 온 것입니다. 남편은 그동안 목사는 성도와 싸우거나, 그들 위에 군림하기 위해 목회하는 것이 아니라 그리스도의 도를 전하며, 그들을 돌보는 것이 내가 하는 일이라는 마음으로 무슨 일이 있으면 다투지 않고 깨끗이 그곳을 떠나왔습니다. 그런데 목사를 청빙하려 하는 교회마다 메일을 보내 놨으니 떠나려 해도 떠날 수 없는 상황까지 저들이 만들어 놨던 것입니다.

결국, 남편은 이러한 상황은 우리가 떠나는 것이 아니라 끝까지 목사의 의연함을 보여주라는 하나님의 메시지가 있는 것 같다는 생각에 도달했습니다. 교회에 분란이 일어나니 참 재미있는 현상이 일어납니다. 목사님을 내보내려는 부류들은 자신의 입지를 세우기 위해 무단히 사람들을 자신들의 집에 초대해 음식을 대접하면서 자기들 사람으로 포섭합니다. 저런 열심이 있으면 왜 부흥이 안 될까 하는 생각이 들기도 했습니다. 청년 그룹을 초대해 식사를 제공하고 그들을 인도하는 전도사까지 영주권을 해결해 준다는 등의 말로 포섭해 목사와 반대편에 서게 하는 등, 그들의 노력은 가히 눈물 날 정도였습니다. 그렇다고 목사 가정에서 목사 편을 만들기 위해 같은 방법을 쓸 수 있을까요? 그럴 수 없지요. 혹 교우 중에 이상하다 여겨 목사님께 물어봐도 아무 말 못 하고 그냥 기도해 달라 부탁할 수 밖에요. 상대에게서 나오는 말들만 무성하니 그냥 앉아 당하는 수밖에 없습니다. 돈 문제로 만들어 보려 했지만 가능하지 않고, 여자 문제로 하려 했지만 더더욱 가당하지 않으니, 무능한 목사 자신들의 마음에 맞지 않는 목사로 몰아가는 것이었습니다. 그렇습니다. 강 목사는 그들에게 무능한 종이었습니다.

어느 날 저녁 세 분의 장로님이 우리집을 방문하셨습니다. 그들은 목사님에게 종이를 내밀며 이곳을 당장 떠나겠다는 데 서명하라고 다그치는 것이었습니다. 그럼에도 저는 차라도 대접하려 부엌으로 가 다과를 준비하는데 갑자기 Q장로님의 쌍욕이 들렸습니다. 목사를 향해 쌍욕을 하더니 우당탕 소리가 나는 동시에 저의 어머니가 "아이고, 이 사람이 목사를 때려!" 하면서 울부짖는 것입니다. 제가 영문을 몰라 어머니에게 달려가 "엄마 무슨 일이에요?" 하고 묻는 것과 동시에 Q장로님은 문을 박차고 나갔고, 다른 두 장로는 문 앞에 서 있는 남편에게, "목사님! 죄송합니다. 죄송하게 됐습니다." 하고 신을 신는 것이었습니다. 어머니는 장로들을 배웅하고 서 있는 목사님 볼을 보며 "괜찮은가, 강 목사! 내가 보지 않았다면 맞았다고 하지도 않을 사람 아닌가? 이렇게 장로들에게 힘들게 당하면서 어쩌면 집에 와 불평 한마디 하지 않고 혼자 견디었단 말인가." 하시면서 통곡을 하십니다. 겸연쩍게 웃는 남편을 보니 얼굴에 선명하게 손자국이 남아 있었습니다.

상황을 알리러 부목사에게 전화하고 있는데 최 목사님에게 전화가 왔습니다. 노회에서 교회 분란을 알고 전권위원회를 보내기 전 총회 목사님에게 자문하던 차라 최 목사님이 와 계셨던 것입니다. "최 목사님! 장로들이 와서 목사님께 폭행을 했어요.", "그래요? 그러면 노회 총무에게 알리고 경찰에 신고해 놓으세요." 그래서 저는 경찰을 부르고 총무에게 알렸습니다. 총무가 지금 당장 우리집으로 올 것처럼 하여 남편은 괜찮다고 말하고 다음 회의 때 보자 했습니다. 경찰이 와서 남편의 얼굴을 보고 당장 가서 그를 체포할까 하고 물었지만, 남편은 "아니다. 나는 그저 신고하는 것으로 족하다."라고 대답할 뿐이었습니다. 다음 날 아침 경찰이 다시 전화하여 아직도 그를 체포하는 데 동의하지 않느냐 하고 물었지만, 하지 말라 하고는 며칠 뒤 노회에서 열리는 세미나에 가게 되었습니다.

그런데 그렇게 당장 달려올 것 같은 총무의 태도가 며칠 사이 달라졌습니다. 나는 그러한 분위기가 이상하게 여겨졌습니다. 나중에 알고 보니 Q장로님이 강 목사가 자기를 먼저 때려 자신이 때렸다고 했답니다. 집에서 나갈 때 죄송하다를 연발한 두 장로조차 그리 증언했다는 것입니다. 하나님이 보셨다는 것조차 인식하지 못하는 사람들에게 무어라 더 말할 가치가 있겠습니까? 결국, 전권위원회가 오고 여러 말들이 오고 갔습니다. 노회에서는 남편에게 6개월 사례비를 줄 터이니 우선 이 교회에서 손을 뗄 것을 제안했습니다. 이러한 노회의 태도와 총회에서 다녀간 최 목사께 화가 나기 시작했습니다. 어떻게 일을 이렇게 처리할 수 있는가? 교회의 정의는 무엇인가? 나는 억울하다 못해 분했고, 분하다 못해 끔찍했습니다. 그럼에도 남편은 이렇게 순종해야 한다고 하면서 목사는 노회 구성원이니 노회가 그리하라면 그리 해야 한다는 것이었습니다.

노회와 교회 사이에 노회 구성원인 한인 목사들이 개입하게 되어 남편은 노회에 순종하기로 하고 그 목사님들을 만나 마치 젖먹이 어린 아기를 떼어 놓는 심정으로 그들에게 교회의 특성과 성격, 그들의 목적이 무엇인지를 설명하며 이 교회를 당신들에게 부탁한다고 하면서 헤어졌답니다. 그날이 금요일이었는데 토요일 새벽부터 우리집 전화기에 불이 나기 시작하는 것이었습니다. "목사님! 아니 이럴 수가 있어요? 이번 주에 사임 발표하신다면서요? 우리는 어쩌라고요?" 이러한 말을 들은 남편은 기가 막혔답니다. 주일날 본인이 발표할 때까지 절대 비밀로 해 달라 목사들에게 부탁해 놓았고 그러겠다 약속을 해 놓고는 상대방에게 '강 목사가 이번 주일날 사표 냅니다.' 하고 바로 말을 전했으니 말입니다. 남편은 이러한 목사들의 태도에 화가 났습니다. 성도들은 모르기에 뭐든 할 수 있지만, 목사들이 이렇게 한다는 것은 용서가 되지 않는다는 것이었습니다. 그것은 남편이 평소 하던 말이었습니다. '나는 성도와는 절대 논쟁하거나 그들이 옳다 그르다 따지지 않는다. 목사는 성도와 논쟁하는 것이 아니나 목사가 그릇 행동하면 그때는 나는 가만 있지 않는다. 그들은 알고 하는 일이기 때문이다'라고 하던 그는 결국 노회 건의를 받아들이지 않기로 결단하게 되었습니다.

주일이 되자 김 목사와 전권위원회 위원장이 교회에 왔습니다. 강 목사가 오늘 사임 발표하기로 했으니 예정대로 발표하라고 합니다. 그러나 남편은 "김 목사, 내 분명히 말했소. 내가 할 일은 내가 할 테니 당신들은 내가 발표하기 전에 이 내용이 나가지 않게 해 달라고 분명히 부탁했고 교회에 대해서도 부탁했소. 헌데 당신들은 나와의 약속을 지키지 않았소. 그러니 당신들 마음대로 하시오. 나를 죽이든지 교회를 파탄 내든지." 하면서 수락하지 않았습니다. 결국, 이 문제는 교인 투표로 넘겨졌고 투표 당일이 되니 나갔던 교우들도 다 찾아와 투표에 참여하는 것이었습니다. 더욱 기가 막힌 것은 박 목사가 등록 교인 명단을 대조하고 투표용지를 주기로 하고는 현재 교우가 아닌 사람들에게까지 투표용지를 다 준 것입니다. 이러한 모습을 보고 우리는 투표 결과를 볼 필요조차 없다 싶어 바로 사무실로 돌아와 짐을 꾸리고 차에 실었습니다.

나중에 알게 된 바로는 세 분의 목사들에게 나름대로 계획이 있었다고 합니다. 김 목사는 대학교수로 있는 것보다 담임목사직을 한번 하고 싶었던 차에 강 목사가 자리를 비울 때 설교를 부탁했는데 자신의 설교에 은혜 받았다는 교인들의 말에 용기를 얻어 강 목사에 반대하는 교인들과 하나가 되어 움직인 것이었고, 개척교회를 섬겼던 박 목사는 자신의 교회와 이 교회를 하나로 통합하여 자신이 담임으로 오겠다는 계산을, 은퇴한 김 목사는 강 목사가 나가면 자신이 이 교회 임시 목사로 올 수 있을 것이라는 계산 하에 노회 총무의 앞잡이가 되어 움직인 것이었습니다. 그 모습은 마치 일제시대에 자신들의 이익만을 위해 움직였던 앞잡이 같았습니다. 결국, 그분들 셋 다 아무도 자신들의 바람을 이루지 못하고 교회는 건물을 팔아 노회와 나누어 갖게 되는 모양새가 되었습니다.

이 과정을 겪으며 한 가지 세상 이치를 배운 것은 노회는 목사가 아무리 잘못한 것이 없어도 장로와 목사 사이에 문제가 생기면 헌금을 하는 장로들 편에 선다는 것입니다. 자신들이 전권위원회로 들어와 다 조사를 해 목사가 잘못이 없다는 것을 파악했어도 최종 책임은 목사의 것이 됩니다. 그것을 몰랐던 저는 목사가 잘못이 없으면 노회에서 목사를 세워 교회의 질서를 바로잡으리라 기대했던 것입니다. 그 기대는 덴버 노회에서는 이루어지지 않았습니다만, 우리가 나오자마자 나갔던 사람들이 세운 교회에서 장로와 목사 간에 또 문제가 발생했는데 그곳 노회에서 나와 조사한 결과 장로를 면책하고 목사를 세웠습니다. 그 이후로 그 교회는 분쟁이 없이 목사와 함께 잘 부흥하고 있다고 합니다.

난 내가 아직 부족하다고 말하는

내 마음속 목소리와 싸우고 있어요

내가 결코 충족시키지 못할 것이라는

모든 거짓말

내가 단순히 점수로

평가되는 사람인가요?

내가 누구인지 다시 한번 알려 주세요

왜냐면 난 반드시 알아야겠어요.

내가 아무것도 못 느낄 때에

주님께선 내가 사랑받고 있다고 말씀하셔

내가 약하다고 생각할 때에

주님께선 내가 강하다고 말씀하셔

내가 부족하여 좌절할 때에

주님께선 나를 붙잡는다고 말씀하셔

내가 혼자 남았을 때

주님께선 너는 내 것이라 말씀하셔

난 믿네, 난 믿네

주님께서 내게 해주신 말씀들을

난 믿네

지금 중요한 단 한 가지는

주님께서 나에 대해 생각하시는 모든 것입니다.

주님 안에서 내 가치를 찾고

주님 안에서 내 정체성을 찾아요

내가 아무것도 못 느낄 때에

주님께선 내가 사랑받고 있다고 말씀하셔

내가 약하다고 생각할 때에

주님께선 내가 강하다고 말씀하셔

내가 부족하여 좌절할 때에

주님께선 나를 붙잡는다고 말씀하셔

내가 혼자 남았을 때

주님께선 너는 내 것이라 말씀하셔

난 믿네, 난 믿네

주님께서 내게 해주신 말씀들을

난 믿네

로렌 데이글(Lauren Daigle)의
주님께선 말씀하셔(You Say)

5장

다시 만난
나의 그리스도 예수

이렇게 짐을 싸 들고 나온 나는 집에 와 울기 시작했습니다. 미칠 것 같았습니다. 아니, 미치고 싶었는지 모르겠습니다. 거짓이 난무한 교회, 앞에서는 자기가 잘못했다 말하고도 뒤돌아서면 거짓을 서슴지 않는 무리들…. 그러한 사람들을 성도라 하면서 그들을 위해 일했던 것이 마치 도둑들을 위해 일한 것 같아 몸서리가 쳐졌습니다. 내가 그러한 공동체의 일원이었다는 일조차 피가 거꾸로 솟는 것 같았습니다. 더 비참한 것은 노회 일을 잘 모르던 내가 김 목사에게 전화해서 물은 적이 있다는 사실이었습니다. 내가 어떻게 처신하여 남편을 내조하는 것이 좋은지 하고 말입니다. 그랬더니 그가 하는 말이 "사모님이 저에게 전화한 것을 노회에서 알면 목사님께 해가 갈 수 있습니다." 하고는 일방적으로 전화를 끊는 것이었습니다. 그 말투는 마치 '당신 남편은 범죄자이기에 내가 말조차 섞을 수 없다.' 하는 느낌이었습니다. 눈앞에서 폭탄이 터진 것 같은 충격이었습니다. 여태껏 참았는데, 같은 동역자는 그래도 우리의 입장을 잘 알 것이라 생각했는데 그러한 반응을 접하니 나를 주체할 수가 없었습니다. 그나마 간신히 붙잡고 있던 이성마저 놓아 버리고 또 울기 시작했습니다. 모든 것이 산산이 부서지고 온통 피바다가 된 현장에 놓여 있는 것 같아 두렵기까지 하면서 나도 모르게 방바닥을 돌며 "어떻게해, 어떻게 해, 어떻게 하면 좋아."라는 말만 연거푸 해댔습니다. 그리고 정 목사 사모에게 전화를 한 기억까지 나고는 실신하고 말았습니다.

정신을 차려 보니 나는 응급실에 누워 있었고, 성질을 못 이긴 나는 울기만 했습니다. 이렇게 울다 미치더라도 이 세상을 보고 싶지 않은 심정이었습니다. 의사는 계속 무엇이 그렇게 힘드냐 물어보는데 말이 나오지 않자 전화 통역을 붙여 주었습니다. 계속 소리 내어 미친 듯 울기만 하는 나에게 전화기 너머 한 여자가 이렇게 말합니다. "이보세요, 정신 차리세요. 지금 정신 안 차리고 그렇게 울어대면 정신병동에 입원시킬 수도 있어요. 지금 당신 앞에 있는 사람은 정신과 의사란 말예요." 순간 정신이 번쩍 들었습니다. 그렇게 정신을 차리고 집으로 돌아왔습니다.

치매이신 시어머니 병간호를 돕기 위해 와 계신 친정엄마를 볼 면목이 없었습니다. 그럼에도 그런 생각은 잠시, 빛이 싫어지는 것이었습니다. 침대에도 있을 수 없었습니다. 너무 횡해 나를 의지할 수가 없었습니다. 나보다 더 힘들 남편도 눈에 들어오지 않고 그에게 기댈 수도 없었습니다. 빛이 없는 곳을 찾아 몸을 숨겼습니다. 그곳에서 울다 자다 울다 자다를 반복하는 동안 이 세상이 지옥처럼 느껴졌습니다. 순간 이 세상을 떠나고 싶었습니다. 더 이상 이 악마들과 공존하기 싫었습니다.

"주님! 이 세상은 지옥입니다. 제가 더 이상 이 지옥에서 이렇게 피 흘리는 것을 좋아하지 않으시겠죠. 지옥을 탈출한다고 저에게 벌을 주시지도 않겠죠."

목숨을 끊자는 생각만 드는 것이었습니다. 어떻게 죽는 것이 깨끗이 죽는 것일까? 그때 눈앞에 표백제가 "나 여기 있어" 하는 것같이 느껴집니다. 나는 그것을 품에 끌어당겨 안았습니다. 이것을 다 마시면 죽을 수 있을까 싶어 막아 놓았던 마개를 돌리는 순간 남편의 얼굴이, 엄마의 얼굴이 떠올랐습니다. 그들이 아파하는 모습이….

순간 "수정, 네가 사는 것이 너 자신을 위해 사는 것 같으냐? 아니다. 너는 너 자신을 위해 사는 것이 아니라 네 남편을 위해, 너의 엄마를 위해 사는 것이다. 나 아닌 너를 위해 사는 것이란 말이다." 하는 음성이 머릿속에 울렸습니다. "나는 너를 위해 십자가에서 피 흘려 너를 살렸다. 그런데 네가 나를 따른다고 하면서 너는 너를 위해 살고 있느냐? 너를 위해 사는 것이 아니라 다른 이를 위해 산다는 생각을 해 보았느냐." 하는 것입니다. 박하사탕 물이 녹아 가슴으로 들어오는 것처럼 화하면서 가슴에 낀 더러운 찌꺼기를 쓸어 나가듯 시원해졌습니다. 순간 회개의 눈물이 흘렀습니다. 그 눈물은 분함의, 억울함의, 미치고 싶어 흐르는 눈물이 아니라 그간 내가 산 삶이 그리스도를 만났다 하면서도 그분의 뜻을 따르는 데 초점이 있던 것이 아니라 내가 하는 일을 억울해 했고, 분해 했으며, 그렇기에 나는 나를 위해 살았을 뿐이라는 깨달음에 눈물이 흘렀던 것입니다. 그들을 탓할 일이 아니었습니다. 나도 그들과 색깔만 달랐지 같은 부류나 진배없었던 것입니다.

주님의 십자가 부활은 나를 위해 돌아가시고, 나를 사랑하셔서 부활하신 것이었습니다. 그렇습니다. 주님은 나 수정 자체를 사랑하신 것입니다. 사모 강수정을 사랑하기 전에 나 수정을 사랑하셨기에 그 사랑의 응답으로 사모의 일을 하는 것입니다. 그런데 저는 나 수정이기 전에 사모로 주님이 사랑해 주신 것으로 착각해 나 자신의 자유로운 삶을 사는 것이 아닌 사모라는 이름의 노예가 되어 묶여 살았던 것이었습니다. 20여 년 전 남편이 저에게 해주었던 말이 다시 떠올랐습니다. "나는 그분에게 매료되어 이 길을 가기로 했던 것이지 그분이 이 길 아니면 너에게 불이익을 준다거나 벌을 준다는 강압이 있었다면 나는 이 길을 가지 않았을 것이요." 네, 그렇습니다. 무슨 일이 있을 때 두려워하거나 걱정하면 나에게 겁쟁이라면서 "여보! 믿음이란 그분을 믿는 것이지 내 소원이 이루어짐을 믿는 것이 아니요. 그리스도를 전함에 있어 오해가 있어 나의 밥에 일부러 돌을 집어넣어도 그에 반응하지 않고 맛있게 아작아작 씹어 먹을 수 있는 것이요. 그 다음은 주님께서 알아서 해 주실 것을 믿고 말이지. 그렇기에 나는 어떨 때 내가 무섭기까지 하오. 왜? 나는 나로 사는 것을 아예 포기했기에 그분이 사신다는 것을 확신하기에 주님께서 앞으로 어떻게 역사 하실까 하는 기대감 때문이요."

40여 년 가까이 그가 하던, 지겹도록 되뇌던 기도가 있습니다.

"주님! 오늘도 저에게 당신의 사역을 감당하게 문 열어주심 감사합니다. 혹 제가 오늘의 사역 속에서 당신보다 앞장서는 일이 없게 하시고 주님의 음성에 귀 기울이게 하옵소서."

"주님! 오늘도 주님의 사역을 잘 감당하게 해주심 감사합니다. 혹 제가 오늘의 사역 속에 당신보다 먼저 가 나의 의지와 나의 고집, 나의 경험치, 나의 의를 나타냈다면 이 시간 깨닫는 영으로 깨닫게 하여 주소서."

끝까지 성도들에게 화를 내지 않고, 그들을 무시하지 않고, 인격을 소중히 하며, 예수님의 모습, 자신의 힘을 드러내지 않고 침을 맞으시고, 채찍을 맞으며 십자가에 돌아가신 바보 같은 예수 그리스도를 나타내는 것이 나의 남편, 나의 영원한 목자 강기석 목사였습니다.

이제야 저도 조금 그 도를 깨달아 알 것 같습니다. 저는 이제 저를 사랑하신 그리스도의 사랑으로 말미암아 그분이 제 안에 있음을 발견하였기에 조금씩 조금씩 나의 가슴을 열어 그분을 따라 사랑을 전하고자 합니다.

달이고 싶습니다.

달이고 싶습니다.
달이고 싶습니다.
스스로 빛을 발하지 못하는 달
그러한 달이고 싶습니다.
달이고 싶습니다.
달이고 싶습니다.
태양의 빛을 받아 빛을 내는 달
그저 그런 달이고 싶습니다.

달이고 싶습니다.
달이고 싶습니다.
주님의 빛을 흠뻑 받아야
빛을 발하는
그런 달이고 싶습니다.

달이고 싶습니다.
달이고 싶습니다.
반달이나 초승달이 아닌
꽉 찬 보름달이고 싶습니다.

6막

사업가가 되다

1장

호수 위의
백조

 5년여 간 끈질기게도 몰아쳤던 비바람이 지나갔습니다. 지나간 자리는 역시 흔적을 남깁니다. 마치 쓰나미가 지나 간 듯 가정 경제는 말이 아니었습니다. 비바람이 치는 와중에 그래도 자신이 섬기는 교회라고 건물에 이상이 있는 곳을 수리하며 지내다 보니 이미 카드 한도를 훌쩍 넘어간 상황에 제가 쓰러져 응급실 가고, 남편이 가슴에 통증을 호소해 응급실 가고, 나중에는 남편 쪽에 계신 모 장로님이 변호사를 만날 것을 강권해 원치 않으면서도 그들의 마음을 달래주기 위해 변호사를 만나 그 비용까지 내게 되니 결국 집 담보 대출 할부금 내는 것조차 어려워진 것이었습니다.

나중에 노회 전권위원회 책임자에게 교회 수리비 내역 및 영수증을 갖다 주었으나 한 푼도 환급 받지 못했습니다.

생계를 유지하기 위해 취직이 급한 상황이었습니다. 그래도 미국에서 갖게 된 졸업장이 꽃꽂이 분야라 미국 온 후 처음으로 이력서를 작성해 꽃집을 다니기 시작했습니다. 집에서 가까운 곳부터 찾아갔습니다. 집에서 가장 가까운 곳은 나중에 연락을 주겠다는 말만 해서 다른 곳에 가니 저에게 일자리를 줬습니다. 사실 저는 영어를 잘 못합니다. 학교 다닐 때도 영어와 수학, 음악은 저에게 가장 힘든 과목이었습니다. 조금만 복잡한 변화가 나타나면 마음을 닫아버리는 편입니다. 그러한 습관은 사람 관계에서도 마찬가지로 두 가지 메시지를 보내는 사람을 만나면 지레 겁먹고 마음의 문을 닫아버리는 것 때문에 저 자신 안에서 많이 힘들어 했답니다. 변명이겠지만요.

처음으로 일하게 된 꽃집에서 열심히 일했습니다. 감사한 것은 언어가 부족한 면을 고려해 전화 받는 일은 피하게 해준 덕분에 잘 지냈는데, 얼마 가지 않아 가게가 문을 닫아 다른 꽃집을 찾아야만 했습니다. 저는 다시 집 앞 꽃집을 찾아가 주인에게 나에게 조금이라도 인터뷰 시간을 줄 것을 부탁했습니다. 감사하게도 시간을 내주어 서툰 영어로 나를 피력했습니다. 이력서에 있는 대로 나는 한국에서부터 꽃꽂이를 했고, 남편은 목사인데 지금 경제적으로 어려움을 겪고 있어 내가 일을 하지 않으면 안 된다고, 그러니 당신 가게에 사람이 필요 없으면 당신 아는 꽃가게에 나를 소개해 주시면 감사하겠다고요. 다행히 나의 엉터리 영어를 알아들었는지 자신도 크리스천이라면서 다음 주부터 나오라는 것이었습니다. 우선 주 25시간을 일하라면서 생각했던 것보다 많은 시간당 임금을 주겠다고 합니다. 아, 내가 이제야 정식으로 미국 생활을 하는구나 하는 생각에 얼마나 감사했던지요.

그곳에서 6개월 정도 일했는데 주인이 그 가게를 판다고 합니다. 꽤 크고 장사도 잘되는 가게라 팔 것이라고는 생각지도 못했는데, 이 가게를 인수하는 사람이 나를 받아 줄지 아니면 또 다른 곳에 취직해야 할지 하는 걱정이 들어 마음이 복잡해졌습니다. 그 후 여러 사람이 가게를 보러 왔으나 조건이 맞지 않는지 계속 불발이 되었습니다. 그래도 가게를 내가 산다는 것은 엄두도 못 낼 정도의 금액일뿐더러, 나의 영어 실력도 자신이 없어서 엄두를 내지 못했습니다. 그런데 갑자기 주인 여자가 저보고 가게를 매입하라는 것이었습니다. 돈이 없다 하자 자신이 부족한 금액을 대출해 주겠다는 것입니다. 또한, 제시하는 가격도 그리 비싸지 않았습니다.

남편과 의논하니 한번 해 보라고 합니다. 현재로서는 우리가 가진 빚을 청산하기 어려운 상황인데 사업을 하면 가능하지 않을까 싶었던 것입니다. 둘이 함께 기도하고 결단을 내렸습니다. 생각해 보니 은퇴 후 섬겼던 교회들에 장학금을 얼마라도 남겨 주려 저축했던 장기저축이 있었습니다. 우선 그 돈을 찾을 수 있는지 알아보니 위약금과 세금이 엄청납니다. 배보다 배꼽이 크다는 표현이 이럴 때 쓰는 거구나 생각이 들 정도였으니 말입니다. 그렇지만 이것이라도 있으니 감사하다. 내일은 내일의 태양이 뜨겠지 하는 스칼렛처럼…. 우리는 그 돈을 헐었습니다. 이렇게 저는 사업을 하게 되었습니다. 목사 아내로 살면서 한 번도 생각해보지 못한 사업, 그간 그저 남편이 받는 사례비를 아끼고 알뜰하게 사는 것만 생각했던 저에게 돈에 대한 사고가 바뀌는 계기가 되었습니다.

사업은 나름 잘 되었습니다. 또한 나의 일을 갖게 된다는 것은 사모라는 틀에 묶여 있던 나를 틀에 박히지 않은 크리스천으로 살 수 있는 자유인이 되게 해주었습니다. 그러나 자유를 갖는다는 것은 그만큼의 대가나 의무가 따르는 것입니다. 육체노동을 안 한 지 십여 년이 흘러서인지 나의 몸은 아우성을 치기 시작했습니다. 하루 종일 서서 일을 하다 보니 밤에 자다가 새벽녘이 되면 다리가 뒤틀려 소리 지르며 울 때도 있었습니다. 목사님이 깨어 다리를 주물러 주고 그것도 안 되면 그 고통이 너무 심해 울면서 "하나님 제가 이 일을 감당할 수 있도록 도와주세요." 호소하기도 하였습니다. 밸런타인데이와 어머니날, 추수감사절, 성탄절은 주문이 많아 엄청난 육체노동을 요구합니다. 특히 밸런타인데이와 어머니날이 다가오면 며칠씩 꼬박 밤을 새우기 일쑤였습니다. 그럴 때마다 교우들이 오셔서 꽃도 다듬어 주고, 배달도 도와주었던 기억은 지금도 감사함으로 제 가슴에 문신처럼 새겨져 있습니다.

가게에는 세 명의 직원이 있지만 제가 영어가 부족한 관계로 모든 서류작업은 목사님이 맡아 주어야 했습니다. 또한 가게가 아주 바쁠 때는 전화 주문 받는 사람도 모자라 목사님이 받아야 했고 배달에 착오가 있거나 밀려 있으면 목사님이 나서야 할 때도 있었습니다. 그러니 목사님도 많은 시간을 가게에 머물러 있어야만 했습니다. 교우들은 이러한 우리의 처지를 이해하고 함께 했습니다만, 사업은 저에게 언제나 긴장감과 힘든 육체적 무게를 안겨 주었습니다. 목사님이 가게 일을 돌보아 주지 않으면 안 되는 상황은 저에게 점점 죄책감으로 다가왔습니다. 개척교회를 섬기지만 주의 종인데, 그 사역에 전념해야 하는데 내가 자립하지 못하고 여러 가지로 부족하여 이렇게 가게에 계시게 만들었구나 하는 부담감이 자꾸 저를 짓눌렀습니다. 주변 분들은 "사모님! 사모님에게 어울리는 일을 하시는 것 같아요. 보기 좋아요."라고 합니다. 그렇게 보일 수도 있겠죠. 저의 일은 영화나 연속극을 보면 참 아름답고 고귀하게 보이기도 하니까요. 물 위의 백조가 아무 노력 없이 그냥 우아하게 떠 있는 것처럼 보이나 물밑의 발은 쉬지 않고 저어 댄다지요. 감사하게도 쉬지 않고 발을 연신 저어 댄 노력의 보상으로 그간 진 빚을 갚아 가면서 생활이 안정되어 갔습니다.

그러던 어느 날, 눈이 많이 와서 길이 많이 미끄러운 날 배달이 밀렸습니다. 하는 수 없이 목사님이 몇 개를 맡아 배달해야만 하는 상황이었습니다. 꽃이 얼까 우려해 비닐을 씌워 몇 개를 가지고 나갔다 온 목사님의 옷이 더러워져 있었습니다. "무슨 일 있었어요?" 하고 물으니 "응, 꽃을 들고 들어가다 넘어졌어." 하는데, 순간 "꽃은 괜찮아요?" 하는 말이 먼저 나오는 것입니다. 사람보다 꽃의 상태를 먼저 묻고 나니 이건 아닌데 하는 생각이 몰아쳤습니다. 고작 30 불짜리 꽃이 사람보다 더 귀한가 하는 것입니다. 이만하면 됐다 하는 생각이 들어 사업체를 정리하게 해 달라 기도하였습니다. 감사하게도 이제는 월급 생활하면서 생활을 꾸려나가는 것이 가능하다 싶을 때 가게를 정리할 수 있게 해 주셨습니다.

광야를 지나며

왜 나를 깊은 어둠 속에 홀로 두시는지
어두운 밤은 왜 그리 길었는지
나를 고독하게 나를 낮아지게
세상 어디도 기댈 곳이 없게 하셨네
광야, 광야에 서 있네
주님만 내 도움이 되시고
주님만 내 빛이 되시는
주님만 내 친구 되시는 광야
주님 손 놓고는 단 하루도 살 수 없는 곳
광야, 광야에 서 있네
왜 나를 깊은 어둠 속에 홀로 두시는지
어두운 밤은 왜 그리 길었는지
나를 고독하게 나를 낮아지게
세상 어디도 기댈 곳이 없게 하셨네
광야, 광야에 서 있네
주님만 내 도움이 되시고
주님만 내 빛이 되시는
주님만 내 친구 되시는 광야
주님 손 놓고는 단 하루도 살 수 없는 곳

광야, 광야~
주께서 나를 사용하시려
나를 더 성결케 하시려
나를 택하여 보내신 그 곳 광야
성령이 내 영을 다시 태어나게 하는 곳
광야, 광야에 서 있네
내 자아가 산산히 깨지고 높아지려 했던
내 꿈들도 주님 앞에 내려놓고
오직 주님 뜻만 이루어지기를
나를 통해 주님만 드러나시기를
광야를 지나며~

2장

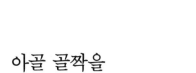

아골 골짝을
나온 자의 후유증

어느 날 가정의가 목사님에게 위 검사와 장 검사할 때가 되었다 하여 준비를 하였습니다. 물약을 먹고 속을 깨끗이 비운 후 병원을 찾았습니다. 혈압을 재고 심전도 검사 스티커를 붙였습니다. 그런데 간호사들이 들어와 오늘 검사를 하지 못하겠다고 합니다. 장 검사보다 더 급한 것이 있다면서 우선 심장전문의를 만나라 합니다. 심장전문의를 찾아가 진찰한 결과 심장이 온전히 자기 역할을 못 한다는 것입니다. 병명은 심방세동(atrial fibrillation)이라는데 심장이 닫힐 때 온전히 닫히지 않고 20% 이상 열려 있어 심장 박동이 원활하지 않은 것이랍니다. 우선 치료할 방법의 하나로 심장에 전기충격을 주어 놀라게 하면 심장이 자기 기능을 찾을 수도 있다면서 그 방법을 추천해 예약 날짜를 잡았습니다. 하루 입원해 심장 움직임을 확인하고, 그 다음날 치료 과정을 거친 후 하루 더 입원하여 모든 테스트와 검사까지 다 받고 퇴원하였습니다. 퇴원 날 감사하게도 R집사님 내외 분이 점심을 대접해 주셔서 맛있게 먹고 집으로 왔는데 목사님이 몹시 피곤해 했습니다. 저녁 식사 후 약을 먹기 전에 눈 좀 붙이고 싶다 하여 그리하시라 했는데 두 시간쯤 지나서 왠지 깨우고 싶어지는 것입니다.

"목사님! 이제 일어나셔야 맑은 정신으로 저녁 식사하고, 약 잡수셔야 밤에 또 잘 수 있으니 일어나세요." 하고 깨우니 눈을 반쪽만 뜬 채 반응을 못 합니다. 저는 장난치는 줄 알고 "왜 이렇게 이상한 장난을 하세요? 얼른 일어나세요." 하고 다그치면서 그의 윗몸을 일으켜 세우니 힘없이 옆으로 쓰러지면서 무언가 말하고 싶어 안간힘을 쓰는 것입니다. 순간 이상한 징조다 싶어 우선 점심을 사 주신 R집사님께 연락하고 그분의 도움으로 계단을 내려와 차에 그를 태우고 퇴원한 병원 응급실로 향했습니다. 응급차를 불러 기다리는 것보다 직접 모시고 가는 편이 빠르겠다 싶었습니다.

응급실에 도착해서 목사님의 이름을 대자 몇 시간 전에 퇴원한 사람이 웬일이냐 하더니, 자기 의사도 표현 못 한다 하니 수속 절차도 없이 안으로 들이고 의사들도 나왔습니다. 급히 뇌 촬영을 한 의사들은 뇌혈관이 막혀 현재 뇌졸중이 온 상태라고 얘기했습니다. 순간 사람이 이렇게 반신불수가 되는가 하는 생각에 머리가 새하얘졌습니다. 뇌졸중 환자 병실에 입원시키더니, 새벽 4시 경 이상한 증상이 포착됐는지 의사와 간호사가 그의 병상을 끌고 중환자실로 옮기는 것입니다.

말도 잘 못 하고 움직이지도 못하는 그의 소변을 받아내며 밤을 지새우면서 많은 생각이 오갔습니다. '이대로 일어나지 못하면 교회는 어떻게 되는 걸까? 물론 하나님의 교회이지만 우리 책임의 한계는 어디까지일까? 어떻게 해야 우리 책임을 다하는 것이 될까?' 식구가 없는 외로움을 절실하게 느꼈습니다. 누구와 상의조차 할 수 없는 상황이었습니다. 두 분의 장로님 중 한 분은 틈만 나면 강 목사님이 은퇴하면 자신은 이 교회에 다니지 않을 것이라는 말을 하신 상태. 두 분 장로님들과 의논조차 할 수 없는 상황에 혹 목사님이 일어나지 못하면 나는 어떤 절차와 행동을 취해야 할지, 머리가 복잡해지기 시작한 것입니다. "하나님! 제가 이제 어떻게 행동을 취해야 할지 모르겠습니다. 저에게 지혜를 주세요. 이곳에 우리 두 사람만 있는 상황에 남편은 지금 말을 잘 못 할 뿐 아니라 현재 움직이지도 못합니다. 제가 어찌해야 하겠습니까? 지혜를 주세요." 하고 밤새 울부짖었습니다.

중환자실에서 이틀이 지나 임 목사님과 김 목사님 내외 분이 방문해 주셨습니다. 그 이틀 만에 목사님은 말을 하게 되었고, 몸을 가눌 수 있을 정도로 상태가 호전되었습니다. 일반병실로 간 이후에도 김 목사님이 오셔서 주일을 염려해 주셨습니다. 감사하게도 김 목사님이 주일 강단을 한 주 맡아 주시기로 하여 시간을 벌었습니다. 사실 이번에 일어나지 못하면 내가 장로님들께 강 목사님의 사직 의사를 밝히고 노회에 연락하려 했던 것입니다.

퇴원하기 하루 전에 S장로님 내외가 오셨습니다. 그리고 교회를 나간 어느 내외 분이 어떻게 알고 병문안을 오셨습니다. 가족이 없다는 것이 이렇게 외로운 일이구나 하는 생각이 들었습니다. 이렇게 외롭고 허전한 생각은 어머님 장례식에서도 느꼈던 바입니다. 장례를 치르고 화장하는 날 목사님과 단둘이서 화장터에 가 불가마에 들어가는 어머님의 시신을 보니 눈물이 하염없이 흐르면서 외로움이 나의 온몸을 휘감았습니다. 전에는 알지도 못했던 그런 외로움이었습니다.

퇴원하고 돌아오는 주부터 목사님은 다시 강단에 섰습니다. 그런데 Q장로님에게서 이러한 말을 듣게 되었습니다. '만일 목사님이 몸을 못 쓰게 되어 강단에 설 수 없다면 교회에는 두 가지 의견이 대립할 것이다. 한쪽은, 목사님을 그대로 모시자. 다른 한쪽은, 우리가 언제까지 목사님을 모실 수는 없다. 이리 되면 교회는 어찌 되겠는가? 목사님이 알아서 그만두셔야 할텐데.'라는 얘기였습니다. 그 염려가 맞습니다. 그것이 현실일 테니까요. 사실 저도 앞으로 어떻게 조치해야 교회에 피해가 가지 않을까?라는 걱정에 앞으로의 절차를 고민하지 않은 바는 아니었음에도 불구하고 섭섭한 마음이 드는 이유는 무엇일까요?

시간이 지나 회복세를 보이는 상황에 심장의는 심장 절개 수술을 권했습니다. 떠난 교회 교우들에게 먼저 전화하거나 연락하는 것을 자제하는 편이지만 물에 빠진 사람 지푸라기라도 잡는 심정으로 저는 클리블랜드 교회 교우에게 전화하였습니다. 그곳 권사님께서 당장 심장전문의이신 장로님께 연결하여 우리에게 그곳으로 와 검사하고 수술하더라도 그곳에서 수술하자는 의견이 왔습니다. 감사하게 교회에서 한 달간 이 목사님이 강단을 돌보아 주실 것을 허락해주어 클리블랜드로 향했습니다. T권사님께서 수술 기간 당신 집에 머무를 수 있게 해주시고 심장전문의 장로님의 도움으로 모든 검사를 하게 되었습니다. 그런데 놀랍게도 수술을 하지 않고 약물로 치료할 수 있다는 판단이 나온 것이었습니다. 나는 어안이 벙벙하면서도 긴장된 가슴을 쓸어내렸습니다. 이러한 병이 생긴 원인이 뭐냐 물으니 스트레스로 온 것이라 합니다. '그렇구나, 별 내색하지 않고 이렇게까지 온 목사님!' 저의 어머니가 울면서 하시던 말씀이 생각났습니다. "강 목사, 내가 보지 않았으면 맞았다고도 하지 않았을 것이지. 얼마나 힘들었나. 교회에서도 같은 어려움을 겪었을 텐데, 집에 와 내색 한번 하지 않고 있었으니…." 하시던 그 말씀이요.

이렇게 쌓인 스트레스가 결국 그의 심장을 공격했구나 생각하니 순간 선교사님들 사역이 차라리 낫겠다는 생각이 들었습니다. 왜냐구요? 선교사님들은 믿지 않는 사람들에게 복음을 전하는 것이니 그들의 반대나 그들의 핍박이 당연한 것이라 감내할 수 있는데, 이곳은 명목상 믿는 자들이라 하니 그들의 핍박이나 어처구니없는 일들을 뭐라 생각하며 받아들여야 하나 싶은 것입니다. 역사상 가장 힘든 전쟁 중 하나가 월남전이었다는 말이 생각납니다. 적군인지 아군인지 모르는 전쟁, 낮에는 선한 시민인 것 같다가 밤에는 갑자기 나타나는 베트콩들이기에 어떻게 대처해야 할지 몰라 전쟁 같지 않은 전쟁이었다지요. 지금 우리가 맞이한 이 사역이 그러한 것 같다는 생각이 들었습니다. 요즘의 교회들은 무엇을 위해 싸워야 하는지 모르는 것이 현실입니다. 사탄이 무엇인지 분별하지도 못하는 영적 장님인 상태, 그래도 서로 정의를 실천한다고 하고, 교회를 위한다고 하면서 싸워대서 결국 교회는 파탄나고, 더불어 귀중한 영혼들까지 잃어버리는 경우가 얼마나 허다한지요?

7막

묵상하는 삶

1장

또다시
유홀을 끌고

　12월 한참 혹한이 몰아치는 때 우리는 다시 유홀에 짐을 실었습니다. 덴버에서 떠날 것이라는 생각은 전혀 하지 못해 우리가 은퇴 후 살 집까지 장만한 지 얼마 되지 않아 그렇게 되었으니 계획은 사람이 세울지라도 이루어 주시는 분은 하나님이시라 하지요. 우리가 그리 된 것입니다. 저의 미국 생활에서 가장 오래 생활한 곳이 이곳이라 우리가 다른 곳으로 가게 되리라고는 생각도 않았습니다. 더군다나 목사님이 2년 있으면 은퇴할 나이가 되니 더욱더 그리 생각하고 은퇴 후 살 집을 하나 더 장만하고 본집은 세를 주고 콘도에서 살 계획까지 세웠던 터였습니다. 그렇습니다. 떠나지 않으려 마음먹으면 떠나지 않아도 될 수 있겠지만, 높은 지대보다는 낮은 지대에서 생활하는 것이 목사님 건강에 더 좋다는 의견과 동시에 노회 총무 자리 제안이 온 것이었습니다. 그 제안을 받아들이기로 마음먹게 되기까지 여러 번뇌가 있었습니다.

먼저 목사님이 이곳에서 은퇴하게 되면 다음에 새 목사님을 모실 생각은 하지 않고 다른 곳으로 가겠다는 장로님 말이 생각나 교회가 흩어지는 모습을 이곳에 남아 지켜본다는 것은 차마 할 수 없을 것 같았고, 또한 목사님의 친구들이 많은 곳에 가는 것이 덜 외로울 듯 싶었습니다. 그래도 노회 일을 하면 목사님과 말이 통하는 분들이 더 있고 무슨 일이 일어날 때 저 혼자가 아닐 수도 있다는 인간적인 계산도 없지 않아 있었겠지요. 나의 생각은 그랬지만 목사님의 생각은 조금 달랐습니다. 자신을 필요로 하는 새로운 일이 있으니 한번 그 일에 응하는 것도 의미 있겠다는 것이었습니다. 사실 경제적인 측면만 생각하자면 그대로 이곳에 사역하면서 제가 일하여 버는 것이 더 실용적인 상황이었습니다. 이사 비용도 우리가 부담해야 하고, 그곳에서 주는 사례비는 이 교회에서 받는 사례비와는 비교도 안 될 만큼 적은 금액이니 말입니다. 그러나 '우리가 언제 사례비 보고 사역지를 정했던가, 목사의 먹고사는 것은 늘 하나님이 공급하신다'는 믿음 속에 오로지 자신이 의미 있게 일할 곳이지 아닌지를 판단하는 데에 초점이 맞춰져 있는 목사님인지라 제가 물질을 이유로 반대할 수 없는 처지였습니다. 클리블랜드에서 덴버로 올 때 그리했듯이 또 그렇게 물질적 이익과 관계없이 사역 하나만 보고 간 여정이었습니다.

우리가 교회를 사직한다니 두 분 장로님들의 태도는 예상대로 냉랭하였습니다. 왜 아니 그러겠습니까? 그분들의 심정을 이해합니다. 이러한 결정에 순응하는 저인들 마음이 왜 아프지 않겠습니까. 함께 개척하여 수 년을 함께한 교회, 그럼에도 교회의 발전을 생각한다면 우리가 떠나야 한다는 방향으로 생각이 정리되었습니다. 그렇게 우리는 60이 넘어 은퇴할 나이에 26피트 유홀을 끌고 다시 대륙 횡단을 단행하게 되었습니다. 5년 뒤 다시 돌아갈 것이라는 생각으로 집은 세를 주고 말입니다. 동부로 향하는 길은 그리 녹록하지 않았습니다. 무서운 한파로 뉴욕 전체가 마비되는 상황이었으니 우리가 달리는 길인들 오죽했겠습니까? 그럼에도 여러 목사님이 기도해 주시고 우리의 목적지인 센터빌 셋집까지 가기 1시간 반 전에 윤 목사님 댁에서 묵게 해주어 밤에 산길 운전을 조금이라도 면할 수 있었습니다. 우리의 목적지 워싱턴의 셋집은 물이 얼어 터져 한 주간을 김 목사님 댁에서 신세를 져야 했을 정도로 혹심한 추위 속에서 근 30여년 전 했던 것처럼 먼 이삿길에 나서게 되었습니다.

2장

나는
수정입니다

목회 현장을 떠나 진정한 평신도로 주일 예배를 드리게 되었습니다. 사모라는 명칭을 벗었을 뿐 아니라 사역도 하지 않고 단지 성도로 말입니다. 나의 남편과 함께 나란히 목사님의 말씀을 듣고 그 속에서 하나님의 음성을 발견해 가는 순수한 예배를 드리게 되었습니다. 40여 년 넘게 긴장한 상태로 주일 예배를 드렸다고 솔직히 고백할 수밖에 없습니다. 말씀을 증거하는 나의 영원한 목자이자 남편이 강단에 서면 성도들의 반응과 오늘 몇 명이 참석하고 보이지 않는 사람은 누구인가? 왜 안 나왔을까? 오늘 말씀을 성도들은 잘 받아들이고 있나 살피는 것에 온통 관심이 집중되어 있던 나였습니다. 목사님이 말씀을 준비해 몇 번 읽을 때 이미 말씀을 들었기에 예배 시간에는 그 말씀이 능력 있는 말씀이 되게 해 달라는 간절함에 드리는 예배이니 그 예배가 어찌 하나님께 드리는 온전한 예배가 될 수 있었겠습니까? 몸은 앉아 있으나 머리와 눈동자는 분주하게 주변을 살피고 있으니 말입니다. 그런데 이제 온전한 예배자로 앉아 있는 것입니다. 지난 시간 일반 성도가 된다면 나는 어떤 성도로 살고 싶다는 생각을 했는데 이제 그러한 성도의 삶을 살 수 있는 상태가 되었습니다. 예전에 남편이 했던 말이 생각납니다. "나는 말이야 목회 전선에서 은퇴하고 나면 철저한 일반 성도로 돌아갈 거야. 카터 대통령이 대통령직을 물러나고 주일학교 선생으로 돌아갔듯이 나도 그렇게 주일학교 아이들을 가르치면서 지낼 수 있으면 더할 나위 없겠지만, 그러한 여건이 주어지지 않는다고 할지라도 나는 철저히 평신도로 돌아가 그리스도인으로 살아간다는 게 얼마나 감사한 일인지 그렇게 살 거야."

아직 완벽한 은퇴자가 아닌 목사의 타이틀로 새로운 일을 하게 되어 더 많은 교회 내의 어려움과 고통을 보고 겪게 되니 또 다른 면의 훈련에 임하게 된 것이지요. 하나님은 나의 연약함과 어리석음을 잘 아시기에 참으로 다양한 현장으로 이끌어 다양하게 훈련하신다는 것을 느끼게 되었습니다. 뼈만 남아 생명체로서 역할도 못 할 것 같던 현장에서도 나를 놓지 않고 다시 생명을 불어넣어 세워 주신 그분의 손길과 의미를 생각하면서 나는 또 다른 상황에서 주님을 만나게 되는 것입니다. 그때마다 그 시기마다 그 상황마다 나를 놓지 않고 만나 주시는 주님을 체험하게 하신 하나님을 가슴 속 깊이 느끼게 하시니 어찌 가슴이 설레지 않겠습니까? 잃어버린 나를 하나님의 교제로 되돌려 놓고자 말씀을 주시고 그 말씀을 받아먹을 수 있는 나, 이끌어 주신 성령의 역사를 믿고 인정하는 나, 그리스도의 몸 안에서 교제와 우애를 하게 된 나, 그 나는 수정입니다.

3장

묵상하는
삶

쓰러지고, 넘어지고, 엎어지고 하면서 어느새 내 나이 환갑이 되었습니다. 몸의 나이는 갑을 넘었는데 과연 나의 영적 나이도 갑을 넘었는가 생각해 보게 됩니다. 영적 나이 갑을 넘음은 무엇인가? 예순 살은 남의 말을 받아들이는 이순이라 합니다. 워낙 남의 말을 잘 듣는 나였기에 자신이 누구인지 정체성을 잃어버리고 오로지 남에게 내가 어떻게 보이는가, 또한 저들이 무슨 말을 하는가에만 신경을 곤두세우고 지냈던 나이건만 그러한 어리석은 저를 하나님은 놓치지 않고 끝까지 하나님을 볼 수 있는 저로 세워 주셨던 것입니다. 이제 살아온 날보다 살 날이 적게 남은 나입니다. 부모님들을 보면 80 넘으시니 다리도 온전하지 못하고, 눈도 귀도 어두워지시더군요. 그러고 보니 기껏 나 자신의 다리로 다닐 날도 20여 년 밖에 안 남은 것입니다. 또한, 지금의 저는 제 아버지보다 오래 산 나이가 되었습니다. 그렇다면 저 또한 저 천국 낙원에 임하는 시간이 그리 많이 남지 않았다는 생각에 이르게 된 것입니다. 그렇습니다. 이제는 부르실 그 날을 생각하며 서서히 이 땅에서의 삶을 잘 정리할 시간을 저에게 주신 것이라 생각하니 더욱더 저의 영적 나이를 스스로 물어보지 않을 수 없는 것입니다.

이순, 남의 말을 받아들이는 나이란 무슨 뜻일까 생각해 봅니다. 남이 말할 때 젊은이들이 그러하듯 자신이 살아온 경험으로 고집 부리지 않고 귀담아 듣고 화합하며, 또한 하나님의 말씀을 더 경청하여, 사람들에게는 고집을 부리지 않고 그저 넉넉히 받아들이고 베풀며 살아야 하지 않을까요?

이 땅에 올 때는 준비되지 않은 채로 아무것도 모르고 빈손으로 왔습니다. 그러나 갈 때는 나 자신을 준비해야 하겠습니다. 그러고 보니 저희보다 연만하신 분들의 잘못된 행동이나 모범된 모습을 보고 우리가 은퇴하거나, 나이가 들 때 우리는 저렇게 살지는 말자 또는 저렇게 살았으면 좋겠다 하는 말을 무수히 했던 생각이 납니다. 그것을 우리는 은퇴 준비라 했습니다. 은퇴 준비는 물질적인 준비만은 아닌 것 같습니다. 생활의 모범, 젊은이들에게 손가락질 받는 일을 하지 않는 것도 은퇴 준비인 것입니다. 또한, 주님이 부르실 때 잘 살다 왔습니다 하고 아멘으로 받아들일 수 있는 자세를 갖기 위해서는 더욱더 하나님의 음성을 들으려 날마다 묵상하는 삶이 요구되는 것입니다. 아니 어쩌면 묵상하는 삶은 자발적 이끌림일 때 더 가능한 것 같습니다.

은퇴 후 하지 말아야 할 것과 해야 할 것

1. 젊은이들 모임에 끼어들지 말 것.
2. 젊은이들이 하는 말에 귀 기울여 줄 것.
3. 혹여 후배들이 선배라고 치켜세워 줄 때 진정 자신이 설 자리인지 아닌지부터 고민해 볼 것.
4. 한인 교회에 가서 훈수 두려 하지 말 것.
5. 철저하게 평신도로 돌아갈 것.
6. 후배들이 아픔을 이야기할 때 자신의 경험을 말하지 말고 묵묵히 들어 주고 기도해 줄 것.

7. 대접받는 밥은 적게 갖고, 베푸는 밥은 많이 할 것.

8. 기도하는 시간과 말씀을 대하는 시간을 더 많이 가질 것.

9. 어떠한 일이든 함부로 나서지 말 것.

10. 항상 단정하고 깨끗한 몸가짐을 할 것.

11. 다리 하나를 더 갖게 될 때 신호로 알고 가지고 있는 것
    을 정리할 것.

12. 누구를 만나든 칭찬을 많이 해줄 것.

13. 매일매일 순간순간 감사한 마음을 늘 표현할 것.

14. 어른입네 하고 남이 베푸는 호의를 당연한 것으로 여기
    지 말 것.

15. 임종 때 후회하는 일이 있을 것 같으면 후회하지 않도록
    미리 정리할 것.

4장

누에에서
명주실을 뽑다

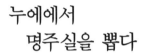

여호와께서 아브람에게 이르시되 너는 너의 본토 친척 아비
집을 떠나 내가 네게 지시할 땅으로 가라

(창 12:1절)

본토 친척 아비 집을 떠나 지낸지 40년이라는 시간이 흘
렀습니다. 그 시간 동안 하나님은 저를 훈련의 시간으로 사
용하시기도 하고, 사역을 감당하는 남편의 내조자로 삼으
시기도 하였으며, 무엇보다 나 자신을 만나 주시기도 하였
습니다. 그렇게 지난 40년의 세월은 마치 누에가 뽕잎을 실
컷 먹어가며 실을 돌돌 말아 자신은 보이지 않은 형체가 된

것 같습니다. 이러한 나의 모습을 보았기에 이제 그 실을 풀어내려 합니다. 그러기 위해 뜨거운 가마솥에 풍덩 들어가야 하겠지요. 가마솥에 들어간다는 것은 죽음을 의미할지 모릅니다. 그러나 이제 저는 그것을 피하지 않을 수 있을 것 같습니다. 그 속에 들어가 죽을 때 진정한 부활이 있다는 것을 알기에 말이지요. 가마솥에서 실을 걷어내 비단을 짜 아주 부드럽고 따스한 천이 되어 사람들을 감싸고, 죽음을 맞이한 누에는 번데기로 사람들에게 많은 영양을 제공하겠지요. 이제 저에게 남은 시간이 얼마가 될지는 모르지만 그렇게 쓰려 하시는 그분의 손길을 느끼기에 과감히 기대감으로 내맡겨 보려 합니다.

과연 어떤 비단으로 짜일까요? 색깔은 무슨 색일까요? 그 천에 그려질 그림은 어떤 그림일까요? 부드럽고 아름다운 천이 되어 어떤 상처받은 사람을 감싸게 될까요? 또한, 어떤 연약한 자가 번데기를 먹고 영양분을 보충할까요? 그리스도의 만찬이 생각납니다. 자신이 죽으심을 알고도 만찬을 베푸신 예수님! 자신의 살과 피를 먹은 자들이 참된 생명을 얻고, 그들이 예수님처럼 참된 중보자의 삶을 살아내리라는 것을 알기에 과감히 자신의 몸으로 음식상을 차려 내신 것이었습니다. 음식상을 장만한 사람이 바라는 것은 단 한 가지, 차려진 음식을 남김없이 맛있게 먹고 그들의 삶에 좋은 영향을 주어 그들이 그 영양으로 건강하게 살아가는 것을 바랄 것입니다. 그러한 것을 바라는 그 사람은 당연히 입가에 웃음이 지어질 수밖에요. 그렇습니다. 그러한 마음으로 나 자신도 미소 짓게 되는 것입니다.

예전에 읽었던 글 〈하나님은 밥이시다〉라는 글이 생각이 나는군요. 밥이신 하나님, 나의 예수 그리스도를 먹어 그 맛을 알기에 이제 저도 밥이 되는 데 주저하지 않기를 소원합니다.

〈사랑하는 나의 남편이자 나의 영원한 목자인 강기석 목사에게〉

여보 어느덧 당신과 반쪽이 아닌 하나가 된 지 40년이 되었군요. 당신과의 결혼은 우리 두 사람에게 하나님께서 앞으로 어떠한 일을 펼치실지 예측할 수 없는…, 망망한 바다를 향해 출발하는 자 같은 심정이었지요.

여호와 하나님이 가라사대 사람의 독처하는 것이 좋지 못하니 내가 그를 위하여 돕는 배필을 지으리라 하시니라

(창세기 2장 18절)

40여 년 광야의 길은 그리 평탄하지만은 않았습니다. 그때 나의 신앙은 어리디어려 사실 하나님의 약속조차 알지 못하고, 예수님은

이야기 속 주인공 대하듯 한 것이 나의 모습이었다 할 수 있을 것입니다. 그렇기에 나의 노력과 힘으로 하려는 것이 많아 울분을 토할 때가 한두 번이 아니었고, 그 기간 동안 당신은 서두르지 않고 저를 품어 주어 나에게 예수님을 소개한 중매쟁이가 되어 주었습니다. 아니 어쩌면 산모의 역할을 감당했다 할 수도 있겠네요. 예수님의 십자가가 나와 무슨 연관이 있는지를, 내가 누구인지 확실히 고백할 수 있는 나로 만들어 주셨으니 말이죠. 그러한 당신은 나에게는 길 안내자이자 나의 목자입니다. 40여 년 동안 연약하디 연약한 나를 이끌고 믿음의 길을 함께 하며 나를 세워 준 당신, 당신과 함께한 신앙의 여정.

모세가 이스라엘 백성을 이끌고 가나안 땅을 밟는 기간 40년 이스라엘 백성들은 모세를 향해 원망도 하고 그를 배신도 했으며, 우상을 만들어 그들의 신으로 섬기기도 했지요. 그렇듯 저도 성도들에게 지칠 때 당신을 원망하기도 했고, 물질적인 어려움이 닥칠 때는 돈 버는 일에만 열심인 적도 있고, 영수증을 신청해 받아야 할 돈을 못 받고 자신이 감당할 때는 '수학은 할 줄 아는지 모르지만 산수는 모른다'고 당신을 향해 빈정거리기도 했으니 말입니다. 그럼에도 늘 저를 귀하게 여겨주며, "여보! 내가 당신을 만나지 않았다면 어땠을까? 나는 참 하나님의 사랑을 많이 받는 사람이야. 당신 같은 사람을 만났으니…."라면서 제 자신에게 자존감을 세워 주려 했던 당신

덕분에 그리스도의 사랑을 알게 되었고, 그리스도의 값진 은혜를 받은 자로서 진정한 나를 발견하게 해주었던 당신.

이제 진정 빚진 자의 심정으로 나 아닌 타인들을 향한 그리스도의 사랑까지 보게 해주었으니…. 40여 년 넘게 나의 곁에서 나를 영적으로 키워준 당신 강기석 목사. 당신은 나의 삶의 동반자일 뿐 아니라, 나의 영원한 목자입니다. 그렇기에 저는 무척 복이 많은 행복한 여인입니다. 부모님은 나를 육체적으로 잘 키워 주시고, 당신은 나를 영적으로 키워주었으니….

그렇기에 당신과 함께한 40년은 저에게는 남다른 숫자가 되어 다가오기에 지난날을 뒤돌아보며 저의 출애굽기를 써보았습니다. 이어지는 이제의 삶은 그리스도가 내 안에 계심을 순간순간 느끼며 그분이 오라 할 때 "내 이곳에서 잘 살다 왔습니다." 하고 고백할 수 있는, 죽음과 부활의 의미를 그리스도의 장성한 분량에 이르기까지 이정표를 향해 흔들림 없이 갈 수 있을 것 같습니다. 끝까지 나와 함께 해줄 당신에게 지난날의 우리의 여정 속에서 성장해 가는 저의 모습을 적어 당신에게 바칩니다. 당신을 만나게 해주신 하나님께 감사, 또 감사의 표현을 드리면서….

강기석을 통해 그리스도를 만난
당신의 영원한 동반자 수정 드림

우리는

우리는 빛이 없는 어둠 속에서도
찾을 수 있는 우리는
아주 작은 몸짓 하나라도
느낄 수 있는 우리는
우리는 소리 없는 침묵으로도
말할 수 있는 우리는
마주치는 눈빛 하나로
모두 알 수 있는 우리는 우리는 연인

기나긴 세월을 기다리며
우리는 만났다
천둥 치는 운명처럼
우리는 만났다
오 바로 이 순간 우리는 만났다
이렇게 이렇게 이렇게 우리는 연인

우리는 바람 부는 벌판에서도

외롭지 않은 우리는

마주 잡은 손끝 하나로

너무 충분한 우리는

타오르는 가슴 하나로 너무 충분한

우리는 우리는 연인

수없이 많은 날들을

우리는 함께 지냈다

생명처럼 소중한 빛을

함께 지냈다

오 바로 이 순간 우리는 하나다

이렇게 이렇게 이렇게 우리는 연인

이렇게 이렇게 이렇게

송창식 씨의 "우리는"이라는 노래를 마지막으로

저의 고백을 마칩니다.

당나귀는
메고 가지
않으련다

초판 1쇄   2022년 5월 10일
지은이   강수정
발 행   (주)엔북

(주)엔북
우)07631 서울시 강서구 마곡중앙로 56 마곡사이언스타워2 809호
전 화   02-334-6721~2
팩 스   02-6910-0410
메 일   goodbook@nbook.seoul.kr

신고 제 300-2003-161
ISBN 978-89-89683-67-4 03810

값 11,000원